想い雲

みをつくし料理帖

豊年星《ほうねんぼし》——「う」尽くし

「まあ」

ひとこと声を洩《も》らしたきり、芳《よし》が絶句した。

丁寧《ていねい》に折り畳《たた》まれた、真新しい藍染《あいぞ》めの手拭《てぬぐ》い。その間に挟《はさ》まれて、簪《かんざし》が顔を覗《のぞ》かせている。深い赤色の、大粒の珊瑚《さんご》のひとつ玉だ。

珊瑚の大きさと色合いは、澪《みお》の記憶の中に刻まれた、かつて芳の持ち物だった簪とそっくり同じだった。澪は零《こぼ》れそうな目をつる家《や》の店主に向ける。

「旦那《だんな》さん、この簪は……」

「それで間違いねぇか、良いから手に取って確かめてくんな」

俺《おら》ぁ心配でよぅ、と言いながら種市《たねいち》が、もどかしげに簪を手拭いから抜き取って、芳の手に押し付けた。震える手で握り締めた簪に、芳はじっと見入る。やがて小さく領《うなず》くと、

「澪」

とその名を呼んで、簪を示した。受け取って、澪は珊瑚玉を注視する。

表面に小さな傷がひとつ。彫《ほ》ったようなその傷に見覚えがあった。芳のひとり息子の佐兵衛《さへえ》がまだ幼い頃《ころ》に、簪を玩具《おもちゃ》にしていて傷をつけた、と聞いていた。

「どうなんだよぅ、ご寮《りよん》さんが手放した簪に間違いねぇのかよぅ」

焦《じ》れた声で種市に問われて、澪と芳は同時に大きく頷いた。その簪は、祝言《しゅうげん》の日に嘉兵衛《かへえ》から芳に贈られた品だった。天満一兆庵《てんまいっちょうあん》を失い嘉兵衛を失った芳にとって、唯《ゆい》一《いっ》往時を偲《しの》べる品。だが昨秋、芳はそれを澪のために手放していたのだ。

そうかい、そうかい、と安堵《あんど》した顔で種市は頷いた。

「大坂屋《おおさかや》の番頭から、ご寮さんが簪を売って昆布《こんぶ》や鰹節《かつおぶし》を買う銭の都合をつけた、って話を聞いた時ぁ驚いた。申し訳ねぇことをしちまった、何としても取り戻さねぇと、と思ってよぅ」

暇《ひま》を見つけては質屋や損料屋《そんりょうや》を廻《まわ》り、大坂屋にも協力してもらって、漸《よう》くそれらしい簪を見つけたのだ、という。

「俺ぁこういうもんに目が利《き》かねぇから、ご寮さんの簪に違いねぇと知ってほっとしたぜ。さ、そいつぁ取っといてくんな」

その珊瑚のひとつ玉を買い戻すために懐《ふところ》を痛めたに違いない種市は、しかし上機嫌《じょうきげん》で良かった、良かった、と繰り返す。

「旦那さん、あれは私が勝手にしたこと。この簪、受け取るわけにはいかへんのだす」

手拭いに簪を戻すと、芳はそれを店主の前にそっと置いた。そんな芳に、お前さんも強情《ごうじょう》だな、と種市はほろりと笑ってみせる。

「お澪坊に思いきり出汁《だし》を引かせるためにしたことだろ？　だったら店のためにしてくれたことじゃねぇか。店主が持つのは当たり前。むしろそれが筋《すじ》ってもんよ」

さ、お澪坊、ご寮さんの髪に挿《さ》してやんな、と、種市は簪を澪に差し出した。澪は双方《そうほう》の気持ちを考えて、手を差《さ》し延《の》べたり、引っ込めたり、を繰り返す。

「ああもう、焦れってぇなぁ。俺が簪を持ってて何の良いことがある。この白髪頭《しらがあたま》に挿せってのかよぅ」

苛立《いらだ》った種市の声に、やっと澪は珊瑚のひとつ玉を受け取った。それを芳の髪にすっと挿す。白いものが一筋、混じるようになった黒髪に、深い赤の珊瑚はよく映《うつ》った。

澪は暫《しばら》く見惚《みと》れ、控え目に喜びを伝えた。

「何だか簪が喜んでるみたいです」

芳がそっと指で目頭《めがしら》を押さえる。そうして、こみ上げるものを堪《こら》えると、旦那さん、とひとこと呼びかけて、深々と種市に頭を下げた。澪もこれに倣《なら》って、畳に額《ひたい》を擦《す》りつけるのだった。

軒先《のきさき》で風鈴が、ちりりん、と可憐《かれん》な音で鳴っている。竈《かまど》の前の澪は、ちょっと手を休めて額の汗を拭《ぬぐ》った。

水無月《みなづき》に入り、今日は小暑《しょうしょ》。これから土用《どよう》に向かい、暑さがますます身に応《こた》える季節となった。食欲の落ちる中、この店の料理なら何とか食えそうだ、と暑さ負けしたお客たちが今日もつる家の暖簾《のれん》を潜《くぐ》る。

この日は、鮎飯《あゆめし》がよく出た。どの飯碗《めしわん》も舐《な》めたように空になって戻って来るのが、料理人としては嬉《うれ》しい限りだ。夢中で料理するうちに昼餉時《ひるげどき》を過ぎ、注文も途絶えて、漸く、風鈴の音に心を向ける余裕ができた。

「やっとひと息つけそうだな、お澪坊」

店主自ら汚れた器を下げて、種市が調理場へ入って来た。芳は客の誰かに引き留められているのだろう。

「ちりちりと、良い音で鳴ってやがるぜ」

音に気付いて、種市は開け放たれた勝手口に目をやる。真新しい釣《つ》り忍《しのぶ》が覗いていた。編んだ竹に瑞々《みずみず》しいしのぶ草が根つきのまま巻きつけられ、その下に小さな風鈴が付いている。緑の葉が風にそよぐさまは目に涼しく、風鈴の音は耳に優しい。つる家の常客で、戯作者《げさくしゃ》の清右衛門《せいえもん》が、昨日、恩着せがましく置いていった品だった。何でも清右衛門に本を書いてもらいたがっている版元《はんもと》から贈られたものだとか。

「あの戯作者は口煩《くちうるさ》いから俺ぁ苦手なんだが、釣り忍ってのは良いなあ。ほんの少し、暑さを忘れられる」

清右衛門の小憎らしい顔を思い出しながら、澪は、そうですね、と笑って応えた。

「手の空いた者から順に昼飯にしようぜ。俺ぁ、ふき坊を呼んでくらぁ」

土間伝《どまづた》いに入口へ向かおうとする種市に、澪は、旦那さん、と呼びかける。

「ご寮さんの簪のこと、本当にありがとうございました」

簪が戻った時に、芳が見せた涙《なみだ》。澪は改めて、芳にどれほど切ない思いをさせていたのかを知った。本当なら澪自身が簪を取り戻す努力をせねばならないのに、そんな考えさえ今の今まですっぽり抜け落ちていたことを恥《は》ずかしく思う。

「そんなに何度も礼を言われちゃぁ、俺ぁ困っちまうよぅ」

種市が照れたように笑ったその時、入口の方で、おいでなさいませ、とお客を迎えるふきの声が響いた。

「鮎飯なんぞ、今の時季《じき》、珍しくも何ともないと思っておったが」

他に客の居ない、二階座敷の一番奥。いつもの席で、いつものように清右衛門がふんぞり返っている。

「まあ、ほどほどに旨《うま》かったぞ」

膳《ぜん》の上に、洗う必要がなさそうなほど綺麗《きれい》になった器が並ぶ。澪は、これまたいつものように笑いを嚙《か》み殺しながら、ありがとうございます、と頭を下げた。

珍しいことに、清右衛門、今日はひとり、連れが居た。先ほどから清右衛門の隣りで黙々と三膳めの鮎飯を食べているのがそれだ。きょとんとした丸い目にしょぼしょぼと薄い髭《ひげ》を生やした、何とも憎めない顔立ちの四十男。飯をひとくち頰張《ほおば》る度《たび》に、その丸い目をきゅーっと細め、頷いている。

旨いだの、美味《おい》しいだの、称賛《しょうさん》の言葉はないのだが、目を細めて幾度《いくど》も頷く様子から、男の感動が手に取るように伝わる。これほどまでに美味しそうに食べるお客を澪は知らなかった。思わず見惚れる澪を見て、清右衛門はごほん、と咳払《せきばら》いをした。

「おい、坂村堂《さかむらどう》。料理人が呆《あき》れているぞ。味に感心するのもそこまでにしておけ」

「お言葉ですが先生、不肖《ふしょう》坂村堂嘉久《かきゅう》、これほどまでに旨い鮎飯というのを知りません。いや、これは参りました」

坂村堂、と呼ばれた男は、丸い目を澪に向けて、またもうんうん、と頷いてみせた。何かに似ている、と思ったが、それが何か思い出せない澪である。

「この男は、神田永富町《ながとみ》の版元『坂村堂』の店主だ。わしに戯作を書け書け、と煩いので黙らせるためにここへ連れて来た」

旨いものを食べている間は黙り込むのだ、と戯作者は笑いながら付け足した。釣忍の贈り主かしら、と澪は見当をつけて、柔《やわ》らかい笑顔を向ける。

「いや、いけません。今日こそ先生に書いて頂《いただ》こうと勇んで参りましたのに、この鮎飯を頂いたら、もうどうでも良くなってしまって」

うっとりとした口調で言って、坂村堂は空になった飯碗を澪に差し出した。

「お代わりを頂けますか？」

料理人によって作り方の異なる鮎飯だが、澪は、酒と醤油《しょうゆ》を加えて水加減した米に、こんがりと焦《こ》げ目《め》よく素焼きした鮎を載せて、そのまま炊《た》き上げる手法を取っている。充分に蒸《む》らしたあと、頭と骨を外して身を解《ほぐ》し、薬味の青紫蘇《あおじそ》とともに、ざっくりと全体を混ぜ合わせるのだ。

「なるほど、だから飯粒の芯《しん》まで鮎の味わいが沁《し》み込んで、ここまで旨いのですね」

澪から作り方を聞いた坂村堂、感心した顔で丸い目を見張った。

「こんな鮎飯を家で食べられたら幸せですよね。味を覚えさせるために、今度、うちの料理番を連れて来ましょう」

上機嫌の坂村堂の隣りで、清右衛門が苦虫を嚙《か》み潰《つぶ》したような顔をしている。自分の戯作が鮎飯よりも軽い扱いになったことに腹を立てている様子だった。澪は笑いを押し殺して、ふたりを店の表まで見送った。

九段坂《くだんざか》から俎橋《まないたばし》へと続く通りは、このところの日照り続きで地面が白々と映る。目を射るような日差しに耐えて清右衛門たちを送り、戻ろうとして、澪は足を止めた。

枡《ます》もてこーい

枡もてこーい

俎橋のたもとで、棒手振《ぼてふ》りが声を張っている。その声に誘われたのか、並びの店から、下働きの女が一升枡を手に飛び出して来た。

何を売ってるのかしら、と好奇心を抑《おさ》えかねて、澪は棒手振りに近づき、そっと荷の中身を覗き込む。

四寸《すん》（約十二センチ）ほどの焦《こ》げ茶《ちゃ》の小ぶりの魚が、浅く水を張った桶《おけ》にみっしり。棒手振りが客から受け取った一升枡を桶に差し入れると、一斉《いっせい》にばしゃばしゃと跳《は》ね出した。勢い余った一匹が、澪の足元へと落ちる。

「まあ」

それを慎重に拾い上げて、澪は声を洩らした。きょとんと丸い目に、しょぼしょぼの口髭。独特の風貌《ふうぼう》の魚は、江戸っ子の夏の好物、泥鰌《どじょう》だった。先の坂村堂の面影が、泥鰌の顔にぴたりと重なる。

何かに似ている、と思ったけれど、と澪はくすくすと笑い出した。

芳の右手がすっと髪に行く。簪に軽く触れると、またすっと退《ひ》く。

神田金沢町の裏店《うらだな》の、倹《つま》しい住まい。その薄暗い行灯《あんどん》のもと、幾度となく芳の仕草は繰り返される。無意識のうちに簪のありかを確かめているのだろう。土間に蹲《うずくま》って七輪で麦湯を沸かしていた澪は、そんな芳の姿にほっと安堵の息を吐いた。

「美味しい」

熱い麦湯を口に含むと、芳は澪にほのぼのと笑んでみせた。髪に簪が戻っただけで、天満一兆庵のご寮さんの頃の若々しさが蘇《よみがえ》るようで、澪はしみじみと嬉しかった。

芳の手がまた簪にかかる。今度はそれを引き抜くと、慈《いつく》しむように両の掌《てのひら》で包み込んだ。

「ありがたいことや。つる家の旦那さんには、返しきれん恩を受けてしもた」

　黙って頷く澪に目を向けて、芳は暫く何かを考え込んでいる様子だった。やがて、澪、と短く名を呼ぶと、迷いながら話し始めた。

「このところ、よう佐兵衛の夢を見るんだす。青い青い顔で、私を見て『お母はん、勘忍《かんにん》』いうて頭を下げるんや」

　芳が行方知れずの息子、佐兵衛の名を口にするのは、最近ではとても珍しいことだった。敢《あ》えて触れなくなった芳の胸中を思うと、澪は哀《かな》しくてならない。

天満一兆庵の江戸店《えどだな》を任されていた佐兵衛が、吉原《よしわら》通いに明け暮れ、莫大《ばくだい》な借財を作って店を手放し、消息を絶った──と、そう聞かされても、親としては認め難い。きっと何かわけあってのこと、いつか必ず戻ってくれる、とそう信じて辛抱強く待ってはいる。だが、日々の暮らしに追われ、生きるだけで精一杯の毎日。

「あんまりよう夢に出て来るんで、もしや、あの子はもう生きてへんのやろか、と恐ろしい思いで飛び起きてしまう」

「ご寮さん」

　青ざめて芳の言葉を遮《さえぎ》ろうとする澪に、芳は、軽く首を振って、けど今は違うんだす、と言葉を添えた。

「もう二度と手に取ることも、この髪に挿すこともない、と諦《あきら》めてた簪が、思いがけず戻ってくれた。せやさかい、佐兵衛かて私のもとへひょっこり帰って来るような気がしてならんのだす」

芳の言葉に、澪は身を乗り出した。

「私もそう思います。きっと、きっと若旦那さんはお戻りになられます」

大坂から江戸へ移って三度目の夏。佐兵衛に繋《つな》がる手がかりは何ひとつ見つかってはいない。けれども、手放した簪が戻ったことが、芳と澪にとって、佐兵衛の戻る兆《きざ》しのように思えてならなかった。それは、蚕《かいこ》の吐き出す絹糸にも似た、かすかな、かすかな希望の道筋だった。

翌朝のこと。

「暑い、暑い。全く、こう暑くちゃあ俺ぁ煎《い》り豆《まめ》になっちまうよぅ」

頭から水でも被《かぶ》ったように、汗まみれになって、種市が仕入れから戻った。同じく汗まみれの澪が、鍋《なべ》から顔を上げた。

「旦那さん、お帰りなさいませ」

「ほう、今日は唐茄子《とうなす》だな」

澪の手もとを覗き込んで、種市は嬉しそうな顔になった。唐茄子、と口の中で小さく繰り返して、澪は両の眉《まゆ》を下げる。大坂では「なんきん」と呼ぶ南瓜《かぼちゃ》が、江戸では唐茄子と呼ばれる。その名前になかなか馴染《なじ》むことの出来ない澪であった。

「煮付けにするのかい？　お澪坊」

「いえ、ひと手間かけて、葛《くず》ひきにします」

南瓜の煮付けは、煮売り屋でも手軽に求めることが出来るし、裏店のおかみさんたちの得意料理でもある。これに少し醬油の勝った葛あんをかけて冷ませば、表面が乾くことなく、いつまでも艶々《つやつや》と美しい。その上、口に入れた時に冷えた葛あんが何とも心地良いのだ。

「なるほどねぇ」

感心してみせる種市の頭の上を、蠅《はえ》が飛び回っている。鍋の中を狙《ねら》われては大変、と澪は慌《あわ》てて団扇《うちわ》で蠅を追った。

「畜生め、夏はこれだから厄介《やっかい》だ」

「西瓜《すいか》を置いておきましょうか」

「そうだな、ふき坊に買って来させよう」

おーい、ふき坊、と種市は土間の向こうへ届くように声を張った。

丸い西瓜に包丁をあてがい、勢いよく切る。綺麗にふたつに割れると、赤い身から汁が滴《したた》り落ちた。小分けして、もう用済みの欠けた皿に載せ、座敷に運ぶ。こうしておくと、蝿は西瓜にたかり、お客の料理には寄って来ないで済むのだ。

「西瓜が蝿の餌《えさ》、って何だか寂《さび》しい」

最後に調理場に西瓜を置いた時、ふきが小さく呟《つぶや》いた。

「そうよね。美味しいのにね」

澪は言って、残りの西瓜をふたつに切ると、片方をふきに差し出した。目を見張るふきに、人差し指を唇にあてがってみせて、澪は、内緒、内緒、と小声で囁《ささや》いた。

流しの陰《かげ》に隠れて、ふたりして西瓜を頬張る。甘みは薄いが、今日のように暑い日には、この瑞々しさが何よりのご馳走《ちそう》だった。澪とふきは顔を見合わせて、うふふ、と笑いあった。

「これこれ、お前《ま》はんらふたりとも」

調理場に顔を出した芳が、ふたりの奉公人の姿に、呆れた声を上げる。

「蝿よけの西瓜を食べるやなんて、そないに恥ずかしいことしたらあきまへんで。口《くち》卑《いや》しいのも大概《たいがい》にしなはれ」

芳に叱責《しっせき》されて、澪はしょんぼりと肩を落とした。その鼻の頭に西瓜の種が貼《は》りついているのを見て、怒っていたはずの芳が吹き出してしまう。

「何だよぅ、えらく楽しそうじゃねぇか」

　店主の種市が、欠けた皿を手に、西瓜をしゃくしゃくとかじりながら顔を覗かせた。

　日中、どうにも逃れられない暑さの中では、ごく普通の白飯はあまり食欲をそそらない。刻んで水に晒《さら》し、ぎゅっと絞った青紫蘇、それに白の切り胡麻《ごま》を加え、塩をきかせて小ぶりの握り飯にすると、面白いようにお客の胃袋へ消えていく。

「どれも皆、旨いですねえ」

　昼餉時を過ぎ、広々とした入れ込み座敷。

　難しい顔の清右衛門の横で、坂村堂が何とも幸せな表情で、握り飯と忍び瓜《うり》、それに南瓜の葛ひきを食べている。例によって調理場から澪が呼びつけられた。

「今日はあとからうちの料理番が来ますから、それにもこれと同じものを出してやってください。あ、鮎飯の作り方も教えてもらえたら」

「大概にしておけ、坂村堂。厚かましい」

　清右衛門に一喝されて、坂村堂は泥鰌《どじょう》に似た顔でひょいと肩を竦《すく》める。その仕草がいちいち愛嬌《あいきょう》に満ちて、澪はくすりと笑った。

「清右衛門先生に負けず劣らず、私も食べることだけが楽しみの食いしん坊でして。だから店の奉公人とは別に料理番を雇って、食べる物を作らせているんですよ」

「どのようなひとが料理番になるのですか？」

澪の問いかけに、坂村堂は、ちょっと得意そうに泥鰌髭を触っている。清右衛門が、横から口を挟んだ。

「坂村堂の自慢は、上方《かみがた》の料理人を雇っていることだ」

まあ、と澪が目を見張った。

「上方の料理人が、江戸で料理を？」

「ええ。以前はちゃんとした料理屋で包丁を握っていたんですよ」

坂村堂はますます得意げに泥鰌髭を弄《いじ》った。

その時、おいでなさいませ、というふきの声が入口から響いた。

「富三《とみぞう》、ここですよ」

坂村堂が鷹揚《おうよう》に手を上げてみせる。履物《はきもの》を預け、板敷に上がった四十手前の男を見て、澪はおや、と思った。何処《どこ》か見覚えがあったのだ。向こうも同じことを思ったのだろう、座敷の手前で足を止めて、澪を怪訝《けげん》そうに見た。

「長居をして済まなかった」

武家のお客がそう詫《わ》びながら、芳に先導されて二階座敷から階段を下りて来た。富三と呼ばれた男は、慌てて脇《わき》へ退《の》く。ふきが侍の履物を揃《そろ》えて出し、芳が板敷に両手をついて丁寧に送り出した。見送りを終えて、芳は美しい所作で立ち上がる。そして、何気なく、脇に控えている坂村堂の料理番に目をやった途端、はっと息を飲んだ。

「富三」

正しく男の名を呼んで、芳は声を失った。富三はというと、肝《きも》を潰したように芳を見、次いでおろおろと坂村堂を振り返る。口をもごもごさせていたかと思うと、ぱっと身を翻《ひるがえ》して、芳の脇をすり抜ける。よほど慌てたのか、裸足《はだし》のまま飛び出して行ってしまった。

全《すべ》てが一瞬の出来事で、坂村堂も清右衛門もぽかんと口を開けている。

「ご寮さん」

芳の身体《からだ》がぐらりと崩《くず》れるのを見て、澪が悲鳴を上げた。

何てこった、と種市が低く呻《うめ》いた。

「すると何かい、その料理番が、もとは天満一兆庵の奉公人だった、てぇのか」

つる家の内所《ないしょ》。衝立《ついたて》の奥、青ざめた顔で休んでいる芳を案じながら、澪は、ええ、と頷いた。

富三はもともと、大坂の天満一兆庵で修業をした後に、自身の店を持った。だが、商いは上手《うま》く行かず、そんな折りに天満一兆庵が江戸店を出す、という話を聞きつけて、佐兵衛について江戸へ下ったのだ。大坂での奉公の時期が重なるのは、澪が幼い頃のこと。互いに印象は薄い。

江戸店が人手に渡り、散り散りになった奉公人たちの行方を、嘉兵衛は執念で探した。その中のひとりが富三だった。

「その富三ってひとが、お役人にも、若旦那が吉原通いで借財を作って江戸店を手放した、と話したそうなんです」

芳を慮《おもんぱか》って、澪は声を低めた。

富三との面談を望んだ芳を連れて、嘉兵衛が住まいを訪ねると、すでに富三はそこを引き払っていたのだ。

「あの慌てようは尋常じゃあ無《ね》ぇ。若旦那に繋がる何かを知ってのことじゃねぇのか」

種市は難しい顔で腕を組む。衝立の向こうで、芳が寝返りを打った。

「ご寮さん、無理しねぇで休んでてくんな」

夕餉時を前に内所を抜け出して来た芳に、種市が気遣いの声をかける。だが、芳は、大丈夫だす、と青い顔で応え、襷《たすき》を結ぶと客の案内に立った。

夜になって、飯田《いいだ》川から気持ちの良い風が吹き、ふきが焚《た》いた蚊遣《かや》りで幾分煙《けむ》った店内を抜けていく。

仕事を終えたひとびとが帰路に着く前に、つる家の暖簾を潜る。澪はそんなお客のために、握り飯ではなく、飯碗に装った白飯、それに夕鰺《ゆうあじ》の塩焼きを献立《こんだて》に加えて、もてなした。どの器も綺麗に空になって戻って来るのを見れば、澪は胸のうちにどれほど屈託《くったく》があろうと、元気になれる。芳も同じなのだろう、膳を運ぶ姿もきびきびと軽やかだった。

「昼間は済まないことでした」

六つ半（午後七時）を回り、そろそろ商いを終えようか、という時になって、坂村堂が勝手口から顔を出した。

「あのあと、富三を問い質《ただ》したところ、以前の奉公先に対する自らの不義理を思い、恥ずかしさのあまり逃げ出した、というのですよ」

明日は本人を詫《わ》びに寄越します、と言って坂村堂は芳と澪とに律儀《りちぎ》に頭を下げた。

富三に聞きたい思いが一杯のふたりは、その言葉に顔を合わせて安堵の息を吐いた。

「それでわざわざ、日に二度もうちへ？」

種市が申し訳なさそうに言うと、坂村堂は、きょとんと丸い目を見張り、いえいえ、と泥鰌髭《どじょうひげ》を震わせる。

「それは口実です。夕餉をつる家で頂きたかったからですよ。清右衛門先生がご一緒だと、こちらも気を遣いましてね」

そのまま調理場の板敷で、旨そうに夕鰺の焼いたのを平らげると、坂村堂はずずっとお茶を啜《すす》りながら、澪に尋《たず》ねた。

「あと十日もすれば土用ですが、つる家さんでは何か考えておられるのでしょうか?」

澪は首を傾《かし》げながら、坂村堂を見る。

「それはつまり、暑気払《しょきばら》いにどんな料理を出すのか、ということですか?」

ええ、と坂村堂は頷いてみせた。

「私は例年、土用の間に日本橋登龍楼《とりゅうろう》で鰻《うなぎ》を食べるのが楽しみで、楽しみで」

登龍楼の名が出たので、つる家の面々はそれぞれに複雑な顔をしたが、泥鰌髭は気付かない。

「江戸市中に鰻屋は数あれど、いずれも良くありません。登龍楼は土用の間だけですが、とびきり旨い鰻を出すんですよ。間違いなく旨いのに、年中は出さないのがまた良い」

「登龍楼の鰻は、お幾《いく》らなのでしょうか」

好奇心から澪が問うと、坂村堂は事も無げに、二百文です、と答えた。

「蒲焼《かばや》きにしたものが、一人前で二百文。鰻屋で食べてもそのくらいしますから、まあ、相場と言えます」

二百文、とその場に居た者が一斉に吐息《といき》をもらす。

「相場かどうかは知りませんがね、それだけありゃあ、うちじゃあ日に一度としても、たっぷり七日は通ってもらえますぜ」

種市が白髪頭を振り振り、応じた。

つる家から金沢町への帰り道、澪も芳も寡黙《かもく》だった。常ならばその日あったことなどを色々話して、半刻《はんとき》（約一時間）の道のりも近いものに感じるのだが、今日は違っていた。

明日、富三に会えば、佐兵衛の消息について何かわかるかも知れない。だが、あまり期待して、それが砕《くだ》かれるのも辛《つら》い。心は振り子のように揺れた。

昌平橋《しょうへいばし》に差しかかる。神田川から吹き上げる風が提灯《ちょうちん》の火を揺らした。澪は重苦しい沈黙から逃れるように、視線を空に転じる。頭上に光の帯が輝いていた。天の川だった。足を止め、静かに息を吸い込んで見惚れる。澪が立ち止まったのを怪訝に思ったのだろう、芳が、どないした、と呼びかけた。

「ご寮さん、星が綺麗です」

「星？」

言われて芳も空を見上げた。

冬天のような、豪奢《ごうしゃ》な美しさとは違う。目立つ大きな星こそ少ないが、小さな星粒が霞《かすみ》のようにかかるさまは、見つめていると心が洗われるようだった。

「あら」

南の低い位置に、ひときわ大きな赤い星を見つけて、澪ははしゃいだ声を上げる。

「豊年星《ほうねんぼし》ですよ、ご寮さん」

「ほんに綺麗なこと」

秋の豊作を約束する星、豊年星。その両側に天秤《てんびん》のように寄り添うのが商人星。米の取引で栄え、商人が多く暮らす大坂では、どちらの星もひとびとの心に近かった。

「あの星、何かに似てますね」

澪が嬉しそうに言うと、芳が、はて、と首を傾げる。

「何に似てるんや？」

「ご寮さんの髪にあるものに」

澪は提灯を持ち上げて、芳の珊瑚の簪を照らした。


翌朝、店開け前のつる家を訪ねる者があった。富三だった。種市は気を利かせて富三を内所へ通し、芳だけを残した。

「お澪坊は念のためにここに居て、ご寮さんを気にしてやんな」

土間に下りると、少しだけ開いている襖《ふすま》を示して、種市は澪に耳打ちした。澪は店主に感謝して、襖の隙間からそっと中を覗いた。

坂村堂からよく言い含められて来たのだろう、ふたりきりになると、富三は畳に両手をついて芳に深く頭を下げた。

「昨日は思いもかけないことで、まともにご挨拶《あいさつ》もせずに申し訳ありませんでした」

「元気そうで何よりだす」

「ご寮さん、大旦那さんはお変わりなく?」

問われて初めて、芳はぐっと唇を噛んだ。

「二年前の皐月《さつき》に、亡《の》うなりました」

富三の顔色が変わった。身を乗り出して、芳の顔を覗き込む。

「本当ですか？　本当に大旦那さんは」

「お前はんの住まいを訪ねたら、どこぞへ移った後で。手がかりが絶えてしもたんを気に病んで……気に病んだまま逝《い》ってしもたんだす」

芳は言って声を詰まらせた。それを聞いて富三、潰れた蛙《かえる》のように畳に平伏した。

「堪忍してください。あの時はそうするしかなかったんです」

「何でや、何でだす、富三。お前はん、佐兵衛のことで何ぞ知ってるんやろ？　何でそれを教えてくれなんだ。何で私らから逃げるように姿を消したんや」

富三ににじり寄り、芳は言い募る。富三の突っ伏した背中が小刻みに震え、嗚咽《おえつ》を押し殺しているのが察せられた。ようやく顔を上げた富三が、声を絞り出す。

「おふたりの耳に入れたくないこともあります。私の口から言えるのは、ただ、若旦那さんが吉原通いで変わられてしまった、ということだけです」

六年前に日本橋の炭町に天満一兆庵の江戸店として暖簾を掲げたが、上方の料理屋という珍しさもあり、留守居役らの交遊の場として、よく利用された。商いとしては上々、佐兵衛も身を粉《こ》にして励んだ。だが、開業から三年めを迎える頃、徐々に佐兵衛は変わり始めたのだ、という。

「きっかけは、お客に連れて行かれた吉原でした。それまで女遊びに縁のない、真面《まじ》目《め》な若旦那さんでしたから、逆に夢中になると、その、見境がなくなって……」

富三は膝《ひざ》に乗せた手を拳《こぶし》に握り、視線を畳に落とした。

まず、店で出す料理の味を見なくなった。板場を富三に任せたきり、終日、顔も出さない。節季の勘定も勝手に持って出てしまう。挙句《あげく》は店を形に銭を作り、馴染みになった松葉《まつば》という遊女を身請《みう》けしようとまでしたのだ。

「私には信じられん。そんな話、信じられるわけがない」

きっぱりと応える芳の声は、しかし震えていた。襖の後ろで聞き耳を立てている澪にしても、優しくて生真面目な佐兵衛の面影が脳裏《のうり》を過《よ》ぎり、信じ難い思いで一杯だ。

「これから先は、私の胸だけにおさめておこうと固く誓ってきたことなのですが……仕方ありません、お話しします」

富三は苦渋に満ちた顔を芳に向けた。

「吉原の遊女に実なんぞありはしない。松葉って花魁《おいらん》は若旦那に業病《ごうびょう》を移した上に、袖《そで》にしようとしたのです。それで、若旦那さんは、その……その……」

言い辛そうに幾度も躊躇《ためら》った末、富三はやっと声を放った。

「若旦那さんは松葉を手にかけてしまわれた」

「手にかけた？」

低い声で問い返す芳に、はい、と富三が頷いてみせる。

「首に手をかけて絞め殺してしまったんです」

「嘘《うそ》です、そんなこと」

思わず襖を開けて、澪は叫んだ。澪、と芳が救いを求めるように腕を差し伸べる。

富三から芳を守るように、澪は間に割って入った。

「誰が信じるものですか、よりにもよって若旦那さんがそんな」

「私だって出来れば話したくはなかった。だからこそ、今の今まで伏せてきたんだ」

喉《のど》を絞って、富三は男泣きに泣いた。

廓《くるわ》には廓の始末の付けようがある。松葉が業病を得ていたこともあって、佐兵衛が用意した身請け銭が廓を味方につけた。松葉は佐兵衛に落籍《ひか》されたことになり、亡骸《なきがら》は密《ひそ》かに投げ込み寺へと運ばれた。そして、それきり若旦那さんは行方知れずとなってしまったのだ、と富三は話を結んだ。

「ご寮さんを頼む」

富三は、疲れきった顔で澪にそう言い残すと、重い足取りで帰っていった。

内所の壁によりかかり、窓の外へ目を向けたまま、芳は微動だにしなかった。

夏の味覚の蓴菜《じゅんさい》は、さっと湯に通して、水に放つ。丁寧に下拵《したごしら》えを済ませた蓴菜を、今日は椀《わん》だねとして用いるつもりだ。ともすれば余計なことを考えそうになる自分を、澪は必死で抑えていた。

――お銭《あし》出して料理を食べてくれはるひとに、下手な言い訳はしたらあかん。料理人の勝手な都合は、料理にも、ましてやお客さんにも全く関係のないことなんやで

以前、芳からかけられた戒《いまし》めの言葉を、胸の内で幾度も繰り返す。富三から聞いた話を思い返すと、心が乱れ、手もとが疎《おろそ》かになってしまう。今は目の前の料理のことだけを考えよう、と澪は自身に言い聞かせた。

「ご寮さん、無理しねぇで、今日は帰って休んだ方が良かないか？」

昼餉時。混《こ》み始めた店を案じて内所から出て来た芳に、種市が心配してそう声をかける。けれども芳は、大丈夫だす、と言い残して、さっと座敷へ向かった。幾分、顔色は悪いが、背筋を伸ばして温かくお客をもてなすその姿は、いつもと変わりがない。

ああ、あれが天満一兆庵のご寮さんの姿だ、と澪は胸を熱くしながら板場に立った。

無我夢中で働くことで、刻《とき》は穏やかに流れ、種市がふきに暖簾を終《しま》うよう呼びかける声を聞いた時は、ほっとその場に座り込みたくなった。それは芳も同じだったのだろう。襷《たすき》を外した途端、どっと老け込んだ顔になった。

「今日はふたりとも、ここに泊まっちゃあどうだい？」

疲労困憊《こんぱい》の様子を見てとって、種市が提案する。

「今夜のところは女三人で湯にでも行って、疲れを取って、身体を休めてくんな」

店主の言葉に、ふきがぴょんと跳ねた。澪と芳は互いに顔を見合わせる。店主の申し出を断る気力は残っていなかった。

開け放った窓から蚊帳《かや》越《ご》しに、心地よい風が吹き抜けていく。久々に湯でさっぱりと汗を流し、髪を洗った身に川風が快い。つる家の二階、端の座敷で澪と芳の間に挟まれて、ふきが気持ち良さそうに寝息を立てている。

澪、もう寝たんか、と芳の囁く声がして、澪はそっと上体を起こした。月明《つきあ》かりが斜めに差し込む中、芳も同じように半身を起こす。

「富三の話やけど……」

そう言ったきり、芳は黙り込む。小さく首を横に振って、澪は口を開いた。

「私の知ってる若旦那さんとは、まるで別のひとの話に聞こえます。何かの間違いとしか」

両親を水害で失い、縁あって天満一兆庵で奉公を始めたばかりの頃。澪はよく、天《てん》神橋《じんばし》の袂《たもと》でひとり泣いていた。そんな澪を牡蠣船《かきぶね》に連れ出して、腹一杯に土手鍋《どてなべ》を食べさせてくれたのが佐兵衛だった。つないでもらった掌の温かさを、澪は忘れない。

「私もそうだす。あの子がひとを殺《あや》めるやなんて、そないに馬鹿な話……」

だが、嘘を連ねたにしては、富三の語り口と態度に齟齬《そご》がないようにも思われた。

重い沈黙が蚊帳の中に澱《おり》のように溜《た》まる。月影の位置が変わる頃に、漸く、芳が独り言のように呟いた。

「佐兵衛の母親はこの私だけや。どないなことがあったかて、私はあの子を信じる」


俎橋の真ん中あたりに立つと、空が近い。

濃紺《のうこん》の東天が徐々に仄明《ほのあか》るくなり、眠りから目覚めた黄鶲《きびたき》や、大瑠璃《おおるり》が良い声で囀《さえず》り始める。飯田川で賑《にぎ》やかに水浴びをしている、あれは葦五位《よしごい》か。この場所で夜明けを迎えるのは、初めてだった。何て美しいのだろう、と澪は思う。

眠れない夜を過ごした。富三の涙や語り口を思い出すと、佐兵衛が姿を消したのはそうした理由に違いないのではないか、と思えてくる。それが恐ろしくてならなかった。俎橋で迎える夜明けが、そんな澪の恐れを優しく剝《は》いでいく。

富三さんの話が本当かどうか、それはわからない。けれども、と澪は右の掌をそっと広げた。この掌に残る若旦那さんを信じよう。ご寮さんが信じるのと同じように。

「澪姉さん」

声に振りかえると、俎橋の袂に、ふきが心配そうな顔で立っていた。澪に駆け寄って、着物の袖を摑《つか》んだきり、ふきは何も言わずに俯《うつむ》いた。けれども、その小さな胸が不安で一杯になっているのが、よくわかった。富三から聞かされた話は、種市にもふきにも伏せてある。しかし、ふたりとも何かを感じ取っているのは確かだった。

澪はふきの目の高さまで屈《かが》んで、その顔を覗き込む。

「ふきちゃん、大丈夫よ。大丈夫だから」

優しく繰り返しながら、澪は無理にも笑顔をみせた。

その日。

昼餉時を過ぎた頃、戯作者と版元が連れ立ってつる家の暖簾を潜った。

「坂村堂から聞いたが、暑気払いの料理を考えているのだそうな。やはり鰻を出すのか」

蓴菜《じゅんさい》の酢のものが気に入ったのか、三度もお代わりをした清右衛門である。

「じきに山王権現祭《さんのうごんげんさい》。それが済むともう土用だ。今年は神田須田《すだ》町の方の登龍楼でも土用には鰻を出すらしいからな。それぞれに食べ比べるのが今から楽しみだ」

「ですが、まだ鰻を出すと決まったわけではないのですよね？」

きょとんと丸い目で澪を見て、坂村堂は念を押す。澪は困って両の眉を下げた。暑気払いの献立について、特別に何も考えていなかったのだ。正直にそう話そうとする澪を、皮肉屋の戯作者がじろりと睨《にら》んだ。

「よもや、普段通りの献立で通すつもりではなかろうな」

「いけないでしょうか」

おずおずと答える澪に、清右衛門は、馬鹿な女だ、と吐き捨てる。

「三月《みつき》続く夏のうち、最も辛いのがこれからの土用。お前もいっぱしの料理人ならば、料理に工夫を凝《こ》らして、客を喜ばせる努力をしないでどうする。登龍楼が料理番付の大関位に居るのは伊達《だて》ではないぞ」

言われて澪は、そっと唇を噛んだ。確かに鰻は精が付く。食欲の衰える大暑《たいしょ》の頃には望ましい食材ではあった。しかし、仕入れ値が高いこともあって、格段に値の張る料理となる。このつる家で、躊躇《ためら》うことなく二百文の銭をぽんと出せるお客がどれほど居るだろう。

「何も鰻じゃなくても良いんですよ」

坂村堂が泥鰌髭《どじょうひげ》を撫《な》でながら、助け船を出した。

「江戸っ子にすれば、土用もお遊びなんですよ。洒落《しゃれ》っ気《け》と言い替えても良い。うんざりするような暑さも忘れられる、楽しい料理を食べさせてください」

版元の言葉に、澪ははっと目を見張る。佐兵衛のことで一杯、一杯。楽しい料理、などという発想を失っていた。澪は視線を天井に向けたまま、じっと考える。手頃な値段で無理に鰻という食材を使って、登龍楼と同じ土俵《どひょう》に立つ必要はない。そんな料理をお客に滋養をつけてもらい、土用を元気に乗りきってもらえるような、そんな料理を考えたらどうだろう。澪は、今、自身が料理人として辿《たど》るべき道筋を示されたように感じて、畳に両手をつき、ふたりに頭を下げた。

「考えます。いらしてくださるかたに喜んで頂けるような、土用の料理を」

若旦那を信じ、ひたむきに料理を作る。そうした姿勢を貫くことでしか、芳を支えることは出来ない。今は、そう信じたかった。


水無月の十五日は、山王権現祭。祭の前夜から当日の夜まで武家は一切、家を出ることを許されない。江戸の町はその天下祭の間、町人一色になるのである。それ故《ゆえ》に江戸っ子たちは寝食を忘れ、ついでに働くのも忘れて祭にのめり込む。

「商いにならねぇからよぅ」

つる家の店主の種市は、店を休む理由を周囲にそう説明していた。だが、祭のその日は、種市の愛娘《まなむすめ》、おつるの祥月命日《しょうつきめいにち》だった。町が祭で浮かれる同じ日に、種市はひとりで愛娘の死と向かいあう。そうして二十年に近い歳月をひとり重ねてきたのだ。

上野宗源寺《そうげんじ》。

この辺りには宗源寺、という名前の寺がいくつもあるのだが、おつるの菩提寺《ぼだいじ》は、不忍池《しのばずのいけ》の西側に折り重なるように連なった寺社地の一画にあった。

「おつるよぅ、いつもは俺ひとりきりだが、今年はお前に逢《あ》いたい、と言ってくれるひとたちと一緒だぜ」

墓石代わりか、台座の上に小さな石仏が据《す》えてある。地蔵菩薩《ぼさつ》に見えるが、宝珠《ほうじゅ》や錫杖《しゃくじょう》はなく、代わりに両の手を合わせた優しい姿の立像だ。石仏に首を垂《こうべ》《た》れて、種市は小さく洟《はな》を啜った。芳と澪とがその後ろに屈んで、合掌《がっしょう》する。

お参りしたい、と願いながら、なかなか種市に言い出せなかったふたりだった。昨夜、種市の方から「迷惑でなけりゃあ一緒に」と言ってもらって、漸く墓参が叶《かな》ったのだ。

これからは度々、伺《うかが》いますね、と澪は胸の中でおつるに話しかけて、顔を上げた。種市の丸めた背中が、小刻みに震えている。

たとえどれほど歳月《としつき》が経《た》とうとも、我が子に先立たれた親の悲しみは癒《い》えることなどないのだろう。澪は種市の孤独を思い、胸を詰まらせた。

「おつるの奴ぁ、親を選んで生まれて来りゃあ、もっと幸せになれたはずだ。俺ぁ、今でもそれがあいつに申し訳なくてならねぇのさ」

墓参を終えての帰り道。不忍池の茶店の一室で、名物の蓮飯《はすめし》を食べ終えた頃に、種市がぽつりと呟いた。

「若い頃の俺ぁ、酷《ひで》ぇもんでよぅ。博打《ばくち》狂いで、賭場《とば》へ入り浸り。女房に選んだ女ときたら、男にだらしのない飯盛《めしも》り女。俺たちゃ、親になんぞなっちゃならなかった」

手酌で呑んでいた酒が回ったのか、種市はそのまま畳にごろりと横たわった。

「俺んとこなんかに生まれて来なけりゃあ、あんな辛《つれ》ぇ目に遭《あ》うこともなかったのによぅ。勾引《かどわか》されることも、命を落とすこともなかったのに」

そう言ったまま、両手で顔を覆った。

澪、と小さな声で芳が呼ぶ。ひとりで思いきり泣く方が良い、傍《そば》に誰も居ない方が。そんな芳の思いを悟り、澪は無言で頷いて腰を上げた。

お代を支払い、暫くそっと休ませておいて欲しい旨《むね》を伝えて、茶店を出る。

不忍池は、今が蓮の花の盛り。水面《みなも》は薄紅の羽衣《はごろも》を広げた華やかさで、極楽もかくの如《ごと》しの風情《ふぜい》だった。芳も澪も虚《うつ》ろな目でそれを眺めながら、黙り込んだ。

「土左衛門《どざえもん》だ、土左衛門が上がったぞ」

静寂を破るように、すぐ先で声が上がった。

嫌《いや》だ、見たくない、と澪は咄嗟《とっさ》に顔を背《そむ》けたが、運悪く視界の端で男と女、ふたつの亡骸が水面から引き上げられるところを捉えてしまった。女の、捲《めく》れた緋色《ひいろ》の湯文字《ゆもじ》が目を射るようだ。

「こりゃあ女郎とどこぞの若旦那の心中だな。見てみろ、こんなにがっちり互いの足首を結んでらぁ」

「今日は天下祭だってのに、罰当《ばちあ》たりなことをしやがる」

人足《にんそく》らしい男たちの声高な話し声が響く。このまま足早に過ぎてしまおう、とした澪だが、芳はと見ると、筵《むしろ》に横たえられたうつぶせの亡骸を注視している。ご寮さん、と澪が呼びかけるのと、芳が亡骸へ駆け寄るのとが同時だった。芳が短く叫ぶ。

「佐兵衛」

人足たちが、はっと息を飲み、芳のために道を譲《ゆず》った。

佐兵衛、佐兵衛、と芳が、息子の名を呼びながら亡骸に取り縋《すが》る。その声に澪の全身の血がすっと引いた。がたがたと震えながらも、芳の背後から遺体を覗き込む。

うつぶせで顔が捻《ね》じれた状態の上に、元結《もとゆい》が取れて乱れた髪がべったり貼りついている。それでも芳に似てすっきりとした鼻筋や、顎の線は、確かに天満一兆庵の若旦那の佐兵衛に似ていた。だが……。

見かねた人足が、よく確かめな、と手を伸ばして亡骸の向きを変えてくれた。

「ご寮《りょん》さん、違います」

澪は芳を背後から抱き止めて、叫んだ。

「人違いです、若旦那さんじゃありません」

よくよく見れば、明らかに別人。さらに佐兵衛よりも若い。芳はうろたえたように亡骸から手を放した。

「何だよ、人騒がせな」

誰かが、ちっと舌打ちをしている。

「手前《てめえ》の倅《せがれ》と見誤るたぁ、情けねぇ親だぜ」

澪に抱きかかえられるようにして、芳はやっとのことで立ち上がった。金沢町へ帰る道すがら、芳は声も立てずに涙を流し続けた。そしてその夜、高い熱を出したのだった。

「ご寮さんのことは、あたしに任せとくれ。澪ちゃんは何も心配しなくて良いから」

向かいの部屋に暮らすおりょうが、そう言って、どんと胸を叩《たた》いた。太一《たいち》が横で母親を真似《まね》て、胸を叩いている。

「おりょうさん、太一ちゃん、どうかご寮さんをお願いします」

つる家の料理人としての仕事は他に代わりが利かない。それを放《ほう》り出して枕《まくら》もとに詰めることは、芳のためにも出来なかった。病抜けしたばかりのおりょうに後を託すのは申し訳なかったが、この際、澪はその好意に甘えることにした。

神田旅籠《はたご》町の医師、源斉《げんさい》は、昨夜に続いて今日も往診してくれることになっている。後ろ髪を引かれながらも、澪は駆け足でつる家へと急いだ。

佐兵衛を信じる、と言いきった芳ではあるが、娘を失った種市の剝《む》き出《だ》しの悲しみに触れたことや、心中遺体が佐兵衛に重なったことで、心の箍《たが》が外れてしまったのだろう。もうこれ以上、ご寮さんに辛い思いをさせないでください、と澪は胸の内で何者かに祈りながら、走った。

「旦那さん、澪姉さん、だめでした」

口入《くちい》れ屋の孝介《こうすけ》のところへ、りうに助っ人を頼みに行ったふきが、しょんぼりと肩を落として戻った。

「りうさんは、日光の湯元《ゆもと》というところへ湯治《とうじ》に行ったそうです」

「何だ、湯治だあ？」

入口を出たり入ったりして、ふきの帰りを待ち望んでいた種市は、それを聞いて、素《す》っ頓狂《とんきょう》な声を上げる。

「あんなにぴんしゃんして、どこに湯治の必要があるんだよぅ」

りうの手伝いが望めないとなると、ことはとても厄介だ、と澪は両の眉を下げた。

案の定、その日は何から何まで遅れ通しで、よれよれの店主を見かねたお客が、お運びやら勘定やらを手伝う羽目になった。中には怒鳴って帰る者もあったが、つる家の常客たちは、

「前にもこんなことがあったよなぁ」

と苦く笑って手を貸してくれた。

「お前たちは恥を知らない」

いつものように客足の止《や》んだ頃にやって来た清右衛門が、疲労困憊の店主と料理人を並べて、早速と説教を垂れた。責められて当然で、ふたりは揃って項垂《うなだ》れる。まあまあ、と間に入ったのが泥鰌髭《どじょうひげ》の坂村堂だった。

「料理人の手が足りれば、何とかなるのではありませんか？」

富三に手伝わせましょうか、と提案されて、澪と種市は顔を見合わせた。ある程度

の料理を任せられれば、澪も合間に座敷を手伝うことが出来る。しかも、天満一兆庵で腕を磨いた富三なら、安心して調理場に入ってもらえる。つる家の店主と料理人はありがたく坂村堂の好意を受けることにした。

「ほう、これが『ありえねぇ』の正体だったのか」

蛸《たこ》と胡瓜《きゅうり》の酢のものを目にして、富三が感心したように目を見張った。

「懐かしい。大旦那さんのことを思い出す。天満一兆庵で仕込まれた味だ」

言いながら手早く胡瓜を板摺《いたず》りする。とんとんと小気味良く刻まれる胡瓜を見て、澪はほっと息を吐いた。坂村堂はあれからすぐ、富三を寄越してくれて、どうやら夕餉の書き入れ時は乗り越えられそうだった。

「ご寮さんの具合はどうだ?」

そう尋ねられて、澪は答えに詰まった。それで察したのだろう、悪いことを耳に入れちまったからなあ、と暗い声で呟いた後、富三は気を取り直した口調で、こう言い添えた。

「けれど俺は安心したんだぜ。良いところの出の女は、暮らし向きに困ると最後は嫁入り道具の簪を質に入れる、というが、ご寮さんの髪には、珊瑚のひとつ玉が今もあったからな。ありゃあ値打ものだ。質にでも入れりゃあ大分と助かるだろうが」

上方訛《なま》りがすっかり抜けた富三の物言いだった。しかし言葉の端々にもとの主筋への労《いたわ》りが感じられて、澪は慰《なぐさ》められる思いがした。

「お澪坊、悪いが手が空いたら器を下げるのを手伝ってくんない」

間仕切り越しに、よれよれになった種市が呼んでいる。澪はあとを富三に任せて、大急ぎで座敷へ向かった。

「富三さん、悪いが明日も頼めるかい?」

暖簾を終った後、富三の手に謝礼を握らせて、種市が拝むように頼み込む。富三は手の中の銭に目を落として、これは受け取れねえ、と種市に戻した。

「こんなことはしねぇでくれ。坂村堂の旦那さんからも言われてることだ、俺は端《はな》から、ご寮さんが良くなるまで手伝わせてもらうつもりだぜ」

富三は自分の包丁をつる家の調理場へ預けると、感激した面持《おもも》ちの店主に見送られて帰っていった。

ひとりきりになった調理場で、澪は土用の料理を考えていた。鰻に代わる食材で精が付きかつ楽しめる、というのはかなり難題だ。旬の土用蜆《しじみ》を使おうか。それともさっぱりと梅干しと豆腐を合わせてみようか。美味しく仕上げる自信はあるけれど、果して楽しめるかどうか……。考えあぐねて、水桶の中の砥石《といし》に手を伸ばした。

澪は毎日、一日の終わりに包丁の手入れをする。菜切り、出刃、刺身の三本の包丁に感謝の気持ちを込めて砥石で丁寧に研《と》ぐのだ。しゃっしゃという音を聞いていると、どんなに波立つ心も穏やかになる。

富三が包丁の手入れをせずに帰ったことを思い出し、研いでおこうか、と思案する。だが、包丁は料理人の魂だ。やはり他人が触るのは憚《はばか》られた。水気だけ拭っておいて、手入れを朝一番の仕事とする料理人も居る。富三は多分そうなのだろう、と澪は深くは考えずに、前掛けと襷を外した。

「心労が祟《たた》ったのでしょう。ともかく今は何も考えずにぐっすりと眠ることです」

診察を終えて、源斉は芳に優しく言葉をかける。薬が効いて、熱は下がっていた。

「ご寮さんは、何か大変な心配ごとを抱えておられる様子ですね。おりょうさんも、それを案じておいででした」

澪に送られて外へ出ると、源斉は声を低めた。提灯を手に、眉根を寄せたまま、澪は曖昧《あいまい》に頷いてみせる。内容が内容なので、佐兵衛のことは誰にも話さないつもりだ。そんな澪の気持ちを察したのか、源斉はそれ以上は何も言わなかった。

夜も更けたというのに暑さは去らない。時折り風は吹くものの、熱気を含んで気力を削《そ》いでいく。医師を表通りまで送りながら、澪は額に浮いた汗を手の甲で拭った。

「暑いですね。明後日から土用だけのことはあります」

源斉も薬箱を抱える手を持ち替えて、首の汗を拭っている。土用、と聞いて、澪はおずおずと口を開いた。

「源斉先生、土用に鰻を食べるというのは、誰が言い出したことなのですか？」

思いがけない問いかけだったのだろう、源斉は足を止めて、考え込んだ。

「確か、大伴家持《おおとものやかもち》が『夏瘦《なつや》せに良しといふものぞ武奈伎《むなぎ》取りめせ』と歌で詠《よ》んだと聞いています。この武奈伎、というのが鰻のことだから、かなり昔から言われているのでしょう」

大伴家持と言われても、澪にはわからない。両の眉を下げている娘に、源斉は頬を緩めた。

「鰻は確かに精が付きますが、必ず鰻でなければ、というものでもありません。少し前まで土用の丑《うし》の日、丑にちなんで『う』のつくものを食べる風習があったんですよ」

「『う』のつくもの？」

驚いて目を見張る澪に、ええ、と源斉は頷いてみせる。

「うどんでも、瓜でも、梅でも良い。梅干しを猛暑の最中に食べる、というのは非常に理に適《かな》っていると思いますよ」

ああ、と澪は思わず声を上げた。暗い闇《やみ》の中に一条の光が差し込んだように感じる。源斉に、ありがとうございました、と頭を下げると、提灯を渡すことも忘れて、住まいに向かって一目散に駆け出した。

うどん、瓜、梅干し。うぐい、鶯豆《うぐいすまめ》、うこぎ、潮汁《うしおじる》、埋豆腐《うずみ》。うるい、うるか、うるめ干し。梅煮、うま酢、うま煮。そうそう、雪花菜《きらず》は、確か、卯《う》の花《はな》とも言うわ。何かひとつの食材で鰻と勝負するのではなく、「う」のつくものを組み合わせたらどうだろう。

「澪」

遠くで誰かが呼んでいる。

澪はまどろみの中で、それでも懸命に、「う」のつく料理や料理にまつわる言葉を思いつく限り並べていた。

ご飯は埋《うず》め飯にしよう。何が埋まっていると嬉しいかしら。

「澪、澪」

呼んでいるのが芳だと気付いて、澪は飛び起きた。ご寮さん、と隣りで眠る芳を覗き込む。板の隙間が仄かに明るい。夜が明けようとしていた。

「ご寮さん、どこか苦しいですか?」

澪が問うと、芳は首を振った。

「うーうー、言うてえらい魘《うな》されてたから、つい起こしてしもた。堪忍やで」

魘されていたわけではないのだが、澪は、芳が苦しんでいる最中に料理のことばかりを考えていた、とは言えなかった。胸の疼《うず》きを覚えながらも、誤解を幸いに黙って俯いた。

芳は半身を起こして、ゆっくりと澪の手を取った。暫く黙って澪の手を握っていたが、やがて躊躇いながら口を開いた。

「お前はんは私の娘のようなもんやけど、いっそ、ほんまの娘になってくれたら、とどれほど願《ねご》うたか知れん。これまで幾度そう思うたか」

その意味がわかりかねて怪訝そうな顔をしている娘に、芳はこう言葉を重ねる。

「もしも……もしも、佐兵衛が無事に戻ったら、一緒になってやって欲しい、と。佐兵衛の嫁に、そして私の娘になって欲しい、と。これは見果てぬ夢やろか」

「ご寮さん」

言ったきり、澪は言葉を失った。佐兵衛はあくまでも主筋の若旦那さんなのだ。いきなり夫婦に、と言われても戸惑うばかり。ただただ目を見張り、唇を引き結んでいる娘に、芳は弱々しく微笑《ほほえ》んでみせた。

「澪はあのお武家さまが好きなんやなあ」

小松原《こまつばら》のことを言っているのだ。

澪の身体がわなわなと震え出すのを見て、芳は、小さく、堪忍してな、と呟いた。

捨て鐘が三つ。そして明け六つ（午前六時）の鐘が響く。それにじっと耳を傾けながら、生きるてしんどいもんやなぁ、と芳はしみじみと言った。澪は胸の奥から溢《あふ》れ出すような哀しみに、ただ、じっと耐えた。

その日、富三は少し遅れてつる家に顔を出した。仕込みに入っていた澪と、店主の種市に、申し訳ない、と頭を下げる。

「金沢町のご寮さんの住まいに顔を出していたんです。大旦那さんにお線香を上げさせて頂きました。ずっと気になっていたもので」

そうかい、そうかい、と種市は神妙な顔になった。朝、気まずいまま家を出たから、芳の様子を聞きたかったが、その気持ちを堪えて澪は下拵えを続けた。

「今日の献立は『ありえねぇ』と、豆腐田楽か。蓴菜《じゅんさい》はどうする？」

「椀だねでお願いします」

わかった、と短く答えた富三だが、澪の手もとを見て首を傾げた。

「雪花菜《きらず》なんて、どうするんだ？」

雪花菜とは豆腐を作るための豆乳を搾《しぼ》りとったあとのかすで、俗におからとか卯の花とか呼ぶもの。豆腐屋に頼んで回してもらったのだ。

「明日の土用から出す献立に、と思って試しているんです」

「土用に鰻じゃなく、雪花菜を？」

妙な顔をしたが、富三はそれ以上は詮索《せんさく》せずに、笊《ざる》の蓴菜を湯に放った。

富三のおかげで料理の合間を縫い、膳を運んだり、客を案内したりする余裕が出来る。腰の悪い種市に無理をさせないで済むので、澪はほっとしていた。

「料理人が新しくなったのかい？」

膳を下げる時、何故《なぜ》かそう聞く常客が居た。御台所町《おだいどころまち》の頃から通ってくれている初老のご隠居だ。見ると、器に蛸と胡瓜の酢のものが、ひと口だけ残っている。

「お口に合いませんでしたか？」

澪が両の眉を下げて尋ねると、いやいや、と老人は軽く首を振った。ただ、そんな風に残したお客はひとりだけだったから、忙しさに紛れて気にする余裕がなかった。

「ううむ」

昼餉時を過ぎて、今日はひとりで訪れた清右衛門、難しい顔で「ありえねぇ」を食べている。先のことを思い出して、清右衛門を気にしていると、案の定、目で呼びつけられた。

「これは坂村堂の料理番が作ったものだな」

「はい」

怯《おび》える気持ちを押し隠して、澪は戯作者の言葉を待った。男は眉間《みけん》に皺を寄せながら、口の中のものを飲み込む。

「いつもと僅《わず》かに違う。どこが悪いとは言えないが、どうにも気持ちが悪い」

もう要らぬわい、と言って、清右衛門は澪の鼻先に器をぬっと突き出した。

座敷から調理場へ戻る途中、澪はこっそり器の中身を指で摘《つ》まんで口に入れた。味わってみて、やはり首を捻る。どこが悪い、というわけではない。胡瓜も蛸もちゃんと酢洗いをし、手を抜いてはいないのだ。だが、いつも澪が作る味とは微妙に違う。なるほど、清右衛門の言う通り、「どうにも気持ちが悪い」としか表現の仕様がなかった。

その夜、富三が引き上げた後で、ふきが調理場へ駆け込んできた。

「澪姉さん、又次《またじ》さんが」

ふきの後ろから、又次がひょいと顔を出す。

「又次さん」

およそ三月ぶりの再会だった。こけ落ちていたその頬に肉が戻り、元気そうになっている。しかし、一番の気がかりは、野江《のえ》のことだ。問いかけるような澪の眼差《まなざ》しに、又次は深く頷いてみせた。

「又さんよぅ、今夜は冷やでどうでぇ」

一緒に飲みたがる種市の袖を、ふきはそっと引っ張って内所を示した。澪が又次と何か話したいことがあるのでは、と察したようだった。ふきに引っ張られて店主が居なくなると、又次は懐から風呂敷《ふろしき》包みを取り出した。結び目を解く。見慣れた平蒔絵《ひらまきえ》の黒塗りの弁当箱が覗いた。

「あの時、あんたの姿を見られたことが何よりの薬になったようだ。太夫《たゆう》はすっかり元気になった。安心してくんな。それが証拠《しょうこ》に、今度は金柑《きんかん》の蜜煮《みつに》以外の料理が食いたい、とさ」

言って又次は、珍しく嬉しそうに笑った。

　このところ、辛く苦しい話ばかりだったので、久々の明るい知らせが嬉しくて、澪の視界は潤《うる》んだ。「ありえねぇ」と「忍び瓜」を分けてほしい、と言われて、はい、と弾《はず》む声で応える。残った材料で手早く作り、深さのある小鉢《こばち》に装ってから弁当箱に入れた。次いで塩出しした沢庵《たくあん》を出汁《だし》でさっと煮て、酒、醤油で味を調える。天満一兆庵の賄いでよく登場した一品だ。それを弁当箱の隅に詰めながら、ここに蜆が入れば面白いかも、と思いつく。剝き身の蜆にたっぷりの生姜《しょうが》。あとで試してみよう、と澪は弾む胸を抑えて、詰め終えた弁当を又次に示した。

「『ありえねぇ』ってのは、蛸と胡瓜の酢のもののことだったのか」

　正体を知って目を丸くしている又次に、澪はふと、富三が作って余らしていた「ありえねぇ」が種市の晩酌用に残っているのを思い出した。それを小皿に少し取り分け、事情を話して又次に食べてもらうことにした。

「お客さんから、上手く説明出来ないけれど、気持ちが悪い味、と言われて」

　どれ、と又次は箸で胡瓜と蛸とを摘まみ上げて口へ運んだ。目を閉じてゆっくりと味わっていたが、ああ、と声を洩らす。

「こいつぁ手入れの悪い包丁で作った味だ」

「えっ?」

又次の言う意味がわからず、澪は眉根を寄せる。そんな澪を見て、又次はほろりと笑った。

「あんたみたいな料理人は、この味を知らねぇだろうな。切れ味もそうだが、臭《にお》い移りもある。手をかけてない包丁で作ると、料理自体がこんな気持ちの悪い味になる」

あっ、と澪は声を上げそうになった。視線は自然に調理台の隅に置かれた富三の包丁へと注がれる。又次がそれに気付き、手を伸ばして、包丁を包んでいた手拭いを外した。

「やっぱりな」

包丁を一本取り上げ、掛《か》け行灯《あんどん》の火にかざすと、又次は、見てみな、と澪に示した。さすがに錆《さび》までは浮いていないが、刃に曇りがあり、柄《え》との繋ぎ目に汚れが付いたままになっていた。

「料理人にとって一番大事な道具をこの扱いだ、ろくなもんじゃねぇ」

又次に言われて、澪は考え込んだ。

吉原に戻る又次に金沢町まで送ってもらうことにしての帰り道。澪は、又次にだけは相談しようと決めて、佐兵衛のことを話した。又次は少しも口を挟まずに澪の話を聞き終えると、気の毒だが、と難しい顔のまま首を振ってみせた。

「吉原狂い、ってぇ言葉もあるほどだ。生真面目で世間知らずの若旦那ほど、吉原の味を覚えたら、もういけねぇ、見境がなくなる。俺は廓の片隅で、そうやって地獄に堕《お》ちていく奴らを腐るほど見て来たのさ」

月明かりの下、がっくりと肩を落とす澪に目をやって、又次は暫く黙った。旅籠町を過ぎ、そろそろ金沢町に差しかかった時。男は、ふと足を止め、こう尋ねた。

「若旦那が贔屓《ひいき》にしていた花魁の名は、何と言った？　その富三って奴から聞いてるだろ」

「確か、松葉と」

松葉、松葉、と繰り返して、又次は首を捻っている。

「結構ある名前だからなぁ。どこの松葉だ。見世《みせ》はわかるか？」

「いえ、それは……」

澪は、しおしおと頭を振る。あの時は富三の話を聞くのが精一杯で、とてもそこまで気が回らなかったのだ。

「でも、もしや又次さんならご存じでは？」

縋《すが》るような表情の澪に、しかし男は、そいつぁ無理だ、と眉を顰《ひそ》める。

「翁屋《おきなや》一軒でさえ、遊女、禿《かむろ》あわせて六十人。吉原中ならその数は五千を下らねぇんだ。とてもじゃねぇが、覚えきれるもんじゃねぇ」

ましてや遊女は名前を変えることも多い、と聞かされて澪は、天を仰《あお》ぎ見た。


「澪ちゃん」

又次と別れ、裏店の路地に入る手前、闇の中から澪を呼ぶ声がした。提灯を差し伸べると、おりょうが唇に人差し指を当て、もう片方の手で澪を手招きしている。何かしら、と訝《いぶか》しく思いながらも、澪はおりょうの後について、伊佐三《いさぞう》おりょう夫婦の部屋へと上がり込んだ。おりょうは、慎重に周囲を窺《うかが》うと、そっと引き戸を閉じる。吊るされた蚊帳の中で、太一が寝息を立てて眠っていた。おりょうは蚊帳の裾《すそ》をそっと捲って、澪を招いた。何か込み入った話があるのだろうか、と澪は身を縮めて蚊帳に入る。互いの膝をくっつけるように座って、おりょうが低い声で言った。

「実は今日、澪ちゃんの留守の間に、ご寮さんを訪ねて来た男がいたのさ。如何《いか》にも料理人風の男だった」

嘉兵衛に線香を手向《たむ》けに来た富三に違いなかった。そのひとなら知っています、と頷いてみせる澪に、おりょうは、そうかい、澪ちゃんも知ってるひとかい、と呟いた。

猛暑の日中、裏店はどの部屋も引き戸を開け放ったままにしている。だから、土間に屈んで梅干しの塩梅《あんばい》を見ていたおりょうは、たまたま芳と客との話し声を耳にしてしまった、という。

「ご寮さんは、女の身では吉原を探ることはおろか、中へ入ることも難しい、だから手を貸して欲しい、息子の行方を探って欲しい、とその男に頼み込んでいたんだよ」

「ご寮さんにすれば、そうお願いして当然だと思います。富三……そのひとは、若旦那さんの下で働いていたこともあって、一番力になってくれるかと」

おりょうは、澪のその言葉に黙り込んだ。何処から紛れ込んだのか、蛍《ほたる》が一匹、蚊帳に止まって緑色の灯を点滅させている。暫くそれに目をやって、おりょうは思いきったように口を開いた。

「これから話すことは、あたしのお節介さ。ご寮さんから口止めされたんだけど、あたしゃ、澪ちゃんの耳に入れておこうと思う」

吉原を探るには銭がかかる、と富三は言い、それならば、と芳は髪から簪を引き抜いて渡した、というのだ。

はっ、と澪は息を飲んだ。店主種市が苦労の末に戻してくれた珊瑚のひとつ玉。それを富三に渡した、というのか。

「あたしゃ、どうしても黙っていられなくて、止めに入ったんだけどね。ご寮さんに泣かれちまって……。ご寮さんはよくよく相手を信用してのことだろうけど、本当に良かったのかねぇ」

おりょうに丁寧に礼を言い、外へ出ると、澪は、小さく息を吐いた。

富三がつる家で見せた涙。芳や嘉兵衛への心遣い。種市の礼金を辞退したこと。それに又次から聞いた吉原狂いの話。考え合わせれば、富三は主思いの良い奉公人だ。信頼して良い。なのに、この胸のもやもやは何だろう。

自分が富三なら、芳から簪を受け取ったりはしない。そもそも、銭の話など口にしたりしないだろう。だが、富三へ不信の念を抱くことは芳を裏切ることのようにも思えて、澪は唇を噛んだ。

「ご寮さん」

翌朝、起き出して身仕度を整え始めた芳に、澪は驚いて声を上げた。

「まだ起きられては駄目です」

「今日から土用、お前はんがお客さんのために何ぞええ献立を考えたと思うんで、それ楽しみに、もう床上げだす」

まだ顔色の悪いまま、芳は弱々しく笑った。その髪に簪がないことについて、澪も芳も触れないままだった。

「富三さんは今日は来れねぇそうだし、どうしようか、と思ってたんだ。ご寮さんが出てくれるなら、こんな嬉しいこたぁねぇぜ」

澪とともにつる家に出向いた芳を見て、種市はほっと胸を撫《な》で下《お》ろす。

「ところでお澪坊。今日の献立をどうする？　俺ぁまだ何も聞いちゃいないんだが」

とりあえず、頼まれていたものは仕入れておいたがよぅ、と種市に言われて、澪は調理場を見回した。調理台にどっさりと置かれた卯の花や、梅干し、豆腐、鰺、蜆、冬瓜《とうがん》などを見つけると、自然に背筋がぴんと伸びる。

どれほど不安に押し潰されそうになろうと、料理に向かう時は、胸に陽《ひ》だまりを抱いていようと思う。美味しいものを作って、食べるひとに喜んでもらいたい、と願う。

「『「う」尽くし』で行こうと思います」

う尽くし、と種市とふきが揃って首を捻った。芳は正しく察したらしく、頬を緩《ゆる》めている。

手分けして下拵えにかかり、一段落すると全身から汗が滴り落ちた。

澪はまず、酢でしめた鰺を、丁寧に下拵えをした卯の花で和《あ》えた。鰺の身に絡んだ白く細かな卯の花が、いかにも涼しげに映る。

「卯の花和えです」

勧められて、種市は箸《はし》でひとくち、口に運んで目を見張る。う、旨《うめ》ぇ、と呻いて目を白黒させている。次に、油の鍋から取り出したものを、平皿に載せて、種市の前へ置いた。皿の上で、油を吸った茶色の衣がちりちりと鳴っている。

「こちらの揚げたても召し上がってください。種を取って叩いた梅干しを挟み、鰹節をまぶして油で揚げたお豆腐。梅土佐豆腐です」

胡麻油と鰹節の良い香りのする熱々の豆腐に、種市は、かぶりついた。口の中を火傷《やけど》しないよう、はふはふと咀嚼《そしゃく》し、ごくりと飲み込むと身を捩《よじ》って叫んだ。

「こいつぁいけねぇ、こいつぁいけねぇよぅ、お澪坊」

種市の「こいつぁいけねぇ」が飛び出したことで、ふきがぴょんと飛び跳ねた。芳はと見ると、久々に柔らかな笑顔になっている。澪は安堵のあまり、ほっと胸を撫で下ろした。そうして、塩出しした沢庵をぎゅっと絞り、出汁《だし》に放った。

卯の花和え、梅土佐豆腐、瓜の葛ひき。それに埋《うず》め飯。これが澪が考えた「う」尽くしだった。値の張る食材は一切用いていない。旬を取り入れ、ありふれたものに手をかけるだけかけて、美味しく仕上げた。値段もいつも通りに抑えてある。そのはみつる家の表格子には、「土用『う』尽くし」と書いた紙が貼られている。

出しそうに大きな文字が店主の自信を物語っていた。

「『ぅ』尽くし?」

首を傾げながら暖簾を潜ったお客たちも、膳に並んだ色とりどりの料理に目を見張る。白飯を箸で探った者が、うっ、と唸った。飯の中に何かが埋まっている。恐る恐る口に運んで瞠目《どうもく》した。土用蜆の濃厚な味と生姜《しょうが》の爽やかな辛み。両方の旨《うま》みをたっぷりと吸い込んだ、乾物らしき何か。これが曲者で、嚙めば嚙むほど味わいが増す。

「旨い。旨いんだが、はて、知っているようで知らない食い物だ」

塩出しした沢庵、と種明かしされて、感嘆の声があちこちから洩れる。

鰺をおろした時に出た中骨は、生姜醬油に漬け込んで、からりと素揚げ、骨せんべいにして、箸休めに出した。それがまたお客たちを感激させる。

「ちきしょう、洒落てるねぇ」

誰かが言い、

「百文や二百文出す甲斐性《かいしょう》はないが、それでもこんな旨い料理で暑気払いが出来るなんざ、生きてる甲斐があるってもんよ」

と、誰かが応える。

だが、ひとり不機嫌な男が居た。珍しく早い時間につる家を訪れた、清右衛門だ。

「埋め飯、というのは石見国《いわみのくに》の郷土料理のはず。これとは似ても似つかぬわ。何が『う』尽くしだ、子供騙《だま》しではないか」

その台詞《せりふ》に、座敷の他のお客たちの箸が止まる。いけねぇ、と種市が転がるように座敷に向かった。澪も心配になって調理場から顔を出す。

不快そうに腕を組む清右衛門の隣りで、坂村堂がこの上なく幸せそうに埋め飯を食べている。その、あまりに美味しそうな表情に、他のお客たちも思わず見惚れた。泥鰌《どじょう》に似た坂村堂、丸い目をきゅーっと細めて、うんうん、と頷いている。口の中のものを食べ終えると、うっとりとこう洩らした。

「目に美《うつく》し、口にして旨《うま》し、心に嬉《うれ》し。これこそ、まさに『う』尽くしです」

上手い、と誰かが手を打って叫び、つる家の入れ込み座敷はひとびとの笑いで揺れた。見れば清右衛門までが、仕方なさそうに笑っている。お客たちは、旨い、旨い、とまた箸を動かし始めた。どの顔も食への喜びに満ち溢れている。その光景は、つる家の主と奉公人たちの胸を強く打った。

「何でだよぅ、俺ぁ、嬉しいのに泣けてきちまったよぅ」

種市が言って、着物の袖で目を拭った。

無事に土用の初日が終わろうとしていた。

暖簾はとうに終ったのだが、二階座敷の武家のお客が長座の様子。漸く、芳に送られて階段を賑やかに下りて来る音が、調理場まで響いた。最後のお客を送り出すために、店主も座敷へ向かう。包丁を研ぎ終えて、やれやれ、と澪が額の汗を拭った時。

「お疲れさん」

そう言って勝手口から顔を覗かせたのは、富三だった。

「ご寮さんが今日から店に出る、と聞いたんで、俺はもう用無しだ。包丁を取りに来たぜ」

ずかずかと調理場へ入って来ると、水瓶《みずがめ》の水を柄杓《ひしゃく》で汲《く》み、旨そうに音を立てて飲んだ。澪の鼻が酒の息を捉える。随分と呑《の》んだのだろう。もしや、吉原へ行ったのか、芳の簪を銭に替えて――そう思うと、澪はにがりを舐めたような、何とも嫌な気分になった。

黙っている澪を奇異に思ったのだろう。富三は自分から、今日は吉原へ行って来た、と打ち明けた。

「ご寮さんに、若旦那の行方を捜すように頼まれて、あちこち聞いて回った。呑みつけない酒をしこたま呑んじまったのさ」

澪は、やっと重い口を開いた。

「それで……それで何かわかったんですか？」

いや、無駄足《むだあし》になっちまった、と富三は肩を落として、首を振ってみせる。

「けど、俺は諦めないぜ。何度でも足を運んで、手がかりを摑み、必ず若旦那の行方を突きとめてみせる。そうしないと、天満一兆庵の大旦那さんへの義理が立たない」

そう言うと、そのまま包丁を忘れて、勝手口から出て行ってしまった。澪はその忘れ物にじっと目をやって考え込んだ。富三の、主《あるじ》への忠義と思いやりに溢れた言葉が、どういうわけか、空々しく聞こえてならないのだ。

包丁を包んでいた手拭いを捲る。そっと一本を手に取ると、大切に扱われていない包丁の哀しみのようなものが澪の胸に迫った。

――料理人にとって一番大事な道具をこの扱いだ、ろくなもんじゃねぇ
又次の言葉が蘇り、澪ははっと顔を上げる。

その通りなのだ。大切にすべきは、言葉などではない。主、嘉兵衛に教え込まれた料理人としての心ばえだ。それすら守れない者に、どうして信頼を寄せることが出来ようか。澪は包丁を置くと、勝手口から外へ飛び出した。

少し削《そ》げたいびつな形の月が、九段坂へ続く道を薄く照らしている。坂へ向かい、

悠々《ゆうゆう》とした足取りで帰る男の姿があった。

「富三さん！」

澪の大声に、富三は振り返る。

「どうかしたのか？」

男に追いつくと、澪はその共襟《ともえり》を掴んだ。

「簪を返してください」

「何だと」

「ご寮さんの簪、旦那さんがご寮さんに贈られた、大事な、大事な珊瑚の簪。あれをご寮さんに返してください」

共襟を握りしめて揺さぶり続ける娘に、少しの間されるままになっていた富三だが、やがて乱暴に澪を突き飛ばした。

「ええ加減にせんかい、俺《わい》が盗《と》ったわけやなし。ひと探しにも金がいるんや、それが吉原ならなおのことやないかい」

上方訛りに返って、富三は澪を蹴《け》り倒す。地面に転がってもなお、澪は男の足にむしゃぶりついた。その騒ぎは、客を送り終えて店に入ろうとしていた芳の耳にも届く。

芳は、澪が富三から足蹴《あしげ》にされているのに驚き、転がるように間に割って入った。

「富三、一体どないしたんや」

芳の登場に気まずさを隠せないまま、富三は、この女が俺を盗人呼《ぬすっと》ばわりしたんで、とぼそぼそと答えた。

「うまそうな話じゃねぇか。俺にもひとくち、載らせてくんな」

ふいに、俎橋の方から声がかかった。澪が振り向くと、又次が大股《おおまた》でこちらへ向かって来るのが見えた。ゆっくりと富三へ歩み寄ると、又次は身を屈めて男の顔を覗き込んだ。その眼差しは、鋭利な刃物を思わせた。

「吉原でひとを探そうとしたら、確かに金がかかる。だから俺が手ぇ貸してやるぜ」

又次は言って、にやりと笑ってみせた。それが逆に相手に言いようのない恐怖を与える。

「お前はんには関係のないことや。引っ込んでてんか」

応える富三の声が僅《わず》かに震えていた。

又次が男の胸倉《むなぐら》を摑み、じわじわと我が身へ引き寄せる。

「そうはいかねぇなぁ。世間知らずの女の、たったひとつのお宝を、吉原でのひと探しを口実に、巻き上げたように聞こえるぜ」

富三は、又次の腕を振り払って叫ぶ。

「何ぬかす。若旦那が女郎を殺めて逃げたんを、これまで庇《かぼ》てやったんやないか」

芳が思わず耳を押さえる。澪は夢中で芳を背中から抱き締めた。

「どの見世の、何て名の遊女だ？」

又次が、のんびりとした口調で問うた。富三は、いきなり現れた又次と、澪たちとの関係を訝りながら考え込んでいる。

それ見ろ、と又次が鼻先でせせら笑った。

「若旦那の遊女殺しなんざ、嘘なんだろうよ」

そのひと言が、富三の気に障《さわ》ったらしい。

「嘘と違うわい。巽屋《たつみや》の、松葉いう女郎や」

澪ははっと顔を上げた。巽屋、という見世の名前に覚えがある。否、あるも何も、翁屋の隣りの廓だ。この春、又次を訪ねて翁屋へ行った際、その巽屋の若衆に脅されたことがあった。

「巽屋の松葉だと？　こいつぁ良いや」

又次がげらげらと笑い出した。ぽかんと見ている富三を尻目《しりめ》に、又次は可笑《おか》しくてならない様子で、ついには腹を抱えて笑い転げる。

「その松葉いう遊女を知ってはるんだすか？」

芳がよろよろと立ち上がって、又次に縋った。又次は芳の両の肩に手を置いて、安心させるように大きく頷いた。そして、富三を振り返ると、存外静かな声で言った。

「巽屋の松葉なら、見世を移って名前を変えて、今もぴんぴんしてらぁ。そういやぁ巽屋は、色んな手を使って遊女を落籍《ひか》せずに身請け銭を巻き上げる、て噂を聞いちゃあいたが、なるほど、こういうことか」

じりじりと後ずさりをしていた富三が、脱兎《だっと》のごとく駆け出した。それを又次が追う。襟首を後ろから摑んで、引き摺り倒して馬乗りになった。

「さぁ、吐きやがれ。店を手放させたのは手前だな。手前が店の金を使い込んで、その責めを若旦那に擦《なす》り付けたんだろうが」

二度、三度、とひとを殴る鈍い音が響いた。

その度に、ひぃ、ひぃ、と富三の悲鳴が上がる。俺は何も悪うない、言われるままにしたことや、と富三は切れ切れに叫んだ。

「誰に言われた、若旦那は今、何処に居る」

肝心なことに答えない富三に、又次は鉄拳《てっけん》をふるい続ける。

「又次さん、あきまへん、それ以上殴ったら死んでしまう」

芳が、又次の背中からその腕ごと動きを封じる。振りほどこうとすれば簡単に出来るはずが、又次はそうしなかった。背後から芳に抱き竦《すく》められた形のまま、肩を激しく上下させて荒い息を吐いている。

半身を起こした富三の懐に、澪は手を突っ込んで叫んだ。

「簪を返しなさい」

「そんなもん、とうに売り飛ばしたった」

娘を振り払い、よろよろと立ち上がると、富三は芳を見下ろして嘲《あざけ》るような声で言った。

「恨むんやったら倅を恨むんやな。今時、真っ当な商いや料理やと、阿呆《あほ》なことに拘《こだわ》り過ぎて同じ生業《なりわい》の反感を買《こ》うたんやさかいな」

ぺっ、と血の混じった唾《つば》を吐いて、男は、続ける。

「奉公人全員が背いてんのにも気い付かん、世間知らずのぼんちに育ったもんや。最後はうかうか騙されて、やってもいてへん女郎殺しに慄《おのの》いて逃げてしもたしなあ」

話し続けながら巧みに距離を取っていた富三だが、何を思い出したか、ふっと残忍な笑みを浮かべた。

「二年前や、白魚橋《しらうおばし》の傍で釣り忍売りとすれ違うたが、あれは間違いない、若旦那やった。人手に渡った江戸店を、無念そうにじっと眺めてはった。胸でも病んでるんか、痩せこけて、紙みたいに真っ白な顔で。まるで死神が取りついているようやった。到底、今も生きてるとは思われへん」

言い捨てるなり、だっと九段坂の方へ逃げた。澪が素早く立ち上がって追い駆ける。

「野郎、殺してやる」

後を追おうとした又次を、殺めたらあきまへん、と芳が泣きながら引き留めた。芳の腕を払うことも出来ずに、又次は薄い月明かりの下、九段坂を行くふたつの影を目で追った。

段々の上り坂は女の足には厳しい。必死で富三を追いかけるものの、澪は坂の途中で躓《つまず》いて転んだ。それでもなお追い駆けようとする澪の耳に、芳の哀しい声が届く。

「澪、もうええ。もうええんや」

両手を踏ん張って、やっとのことで立ち上がると、坂の向こうに富三が吸い込まれていくのが見えた。

婚礼の日、嘉兵衛が芳に贈った簪。

芳が澪のために手放した、簪。

種市が苦労して戻してくれた、簪。

大切なひとの大切な思いを繋いだ簪は、もう二度と戻ることはないのだろうか。澪は呆然《ぼうぜん》と富三の消えた闇を見つめ続ける。

「危ねぇ」

ふらつく芳の身体を又次は支えようとした。それを弱々しく拒んで、芳はよろよろと九段坂を上る。

「ご寮さん、勘忍してください」

澪が芳に縋って、そう声を放った。芳は腕の中に娘を抱き締めて、暗い天を仰ぐ。そこに輝くものを見つけて、芳は、ああ、と声を洩らした。

「澪、あそこに」

言われて澪が、南の空に目を向ける。

手を伸ばせば届きそうな高さに、真っ赤な豊年星が、ここに居る、ここに居る、と温かく瞬《またた》いていた。

想い雲——ふっくら鱧《はも》の葛《くず》叩き

つる家《や》の調理場。

店主と奉公人、全員の目が先ほどから澪《みお》の手もとに釘付《くぎづ》けになっている。

「澪ちゃん、情けは無用だよ」

「そうとも、ばっさり、いっちまいな、お澪坊」

おりょうと種市《たねいち》からそう急《せ》きたてられ、澪は、こくりと頷《うなず》いて、俎板《まないた》の上の魚に手を添《そ》えた。触れられて、魚はぴくぴくと震えている。きょとんと丸い眼《め》と、しょぼしょぼの髭《ひげ》。小さなその生き物と眼が合った途端、澪は、包丁の手を置いた。

「駄目《だめ》です、出来ません」

両の眉《まゆ》を下げて涙目《なみだめ》になっている澪に、一同、深々と溜《た》め息《いき》をつく。

「料理人が殺生《せっしょう》できない、なんて話、あたしゃ初めて聞いたよ」

病抜けして、つい先日、つる家に復帰したばかりのおりょうが、やれやれ、と首を振っている。その後ろで、芳《よし》までもが呆《あき》れ顔《がお》だ。

「ほんまにどないしたんだす、澪」

皆から責められてしょんぼりと肩を落とす澪の姿に、ふきが自分までも半分泣きそうになって、小声で呟《つぶや》いた。

「だって、あんまり坂村堂《さかむらどう》さんに似ているから……」

言われて種市、どれどれ、と痛む腰を屈《かが》めて、枡《ます》の中の一匹を摑《つか》んだ。目の高さに持ち上げたのを、両脇《りょうわき》からおりょうと芳が覗《のぞ》く。種市の手の中で、その魚が丸い眼をきょとんとさせて、髭を震わせる。ひと呼吸あって、三人は顔を見合わせると、わっと朗笑《ろうしょう》した。

「なるほど、こいつぁ確かに」

種市は手に魚を握ったまま、二つ折れになって笑い転げる。つられて、芳まで笑い皺《じわ》を寄せていた。富三《とみぞう》の一件以来、元気のなかった芳だけに、その笑顔に澪はちょっとほっとする。

先刻より俎板の上でぴちぴちと跳《は》ねている魚、実は泥鰌《どじょう》であった。

夏の鰻《うなぎ》は精が付くけれど、あまりに高価で庶民にはなかなか手が届かない。これに比して泥鰌は驚くほど安く、江戸の夏には欠かせない食材だった。つる家では土用の間、「う」尽くしを商って来たため、立秋を迎えてからの登場となったのだ。

「坂村堂の旦那《だんな》じゃなく、口の悪い戯作者《げさくしゃ》先生の方に似てりゃあ良かったのにねぇ。

そしたら澪ちゃんだって容赦《ようしゃ》しないだろうに」

おりょうの言葉に、芳は目尻《めじり》に溜《た》まった涙を指で払いながら苦しそうに笑っている。

「仕様がねぇなあ。お澪坊、今日んとこは、丸のまんまで良い」

種市に言われて、澪は、しおしおと頷いてみせた。

燗冷《かんざ》ましの酒を注ぐと、枡の中の泥鰌《どじょう》は酔ってすっかり大人《おとな》しくなる。これを鍋《なべ》の中に放《ほう》り込んで、早生《わせ》の牛蒡《ごぼう》とともに味噌《みそ》で煮込めば、江戸っ子の大好物、泥鰌汁の出来上がりだ。椀《わん》に装《よそ》って、粉山椒《こなざんしょ》をぱらり。汗にまみれて、熱いのをふうふうと食べるのが何よりの暑気払《しょきばら》いになる。暦《こよみ》の上で秋とはいえ、今日のような残暑厳しい日にはぴったりの料理だった。

「うむ、旨《うま》いな、坂村堂」

「はい、清右衛門《せいえもん》先生」

一階の座敷奥、いつもの席で戯作者と版元《はんもと》が澪の泥鰌汁に舌鼓《したつづみ》を打つ。その姿を遠目に、おりょうと種市が無理にも笑いを堪《こら》えているらしく、肩が不自然に揺れていた。

清右衛門に呼びつけられた澪は、おりょうたちの揺れる肩を恨《うら》めしげに眺めながら、頭に浮かんだ「共食《ともぐ》い」という言葉を必死になって消そうとした。

「おいでなさいませ」

時分時《じぶんどき》を過ぎた店に、客を迎えるふきの声が響き、戯作者と版元は顔を上げた。ふたり同時に目を剝《む》いたのを見て、澪は首を捻《ね》じって入口に視線を向ける。ふきに履物《はきもの》を預け、座敷へと上がって来た人物に、澪は思わず腰を浮かせた。

「美緒《みお》さん」

芝居《しばい》帰りか、濃淡の紅地に扇子《せんす》を散らした友禅染振《ゆうぜんぞめふ》り袖《そで》、帯は亀甲《きっこう》つなぎの錦《にしき》という華やかさ。日本橋の両替商、伊勢屋《いせや》久兵衛《きゅうべえ》のひとり娘、美緒だった。

清右衛門たちに中座を詫《わ》びて、澪は素早く娘に駆け寄った。

「一体、どうして?」

「お食事に来たのよ。決まってるじゃないの」

珍しげに座敷の中をぐるりと見回しながら、美緒は答える。そうして、種市があたふたしている間に、入口近くの席にさっと腰を下ろしてしまった。

「あんな派手な弁天《べんてん》様に入口に居座られたんじゃあ、お客は皆、逃げちまうよぅ」

種市が澪にだけ聞こえるように洩《も》らして、ひょいと肩を竦《すく》めてみせた。

運ばれてきた椀を手に、美緒は中身を訝《いぶか》しげに覗く。そっと箸《はし》で中を探り、姿のままの泥鰌を引き上げた。しげしげと眺めたかと思うと、うっ、と小さく呻《うめ》く。救いを求めるような眼差《まなざ》しを、脇に控えている料理人に向けた。

「この得体《えたい》の知れないものは、なぁに?」

娘の無邪気な問いかけは、つる家の面々をひやりとさせる。清右衛門が憎々しげに睨《にら》んでいるのに気付いて、澪は身を縮めながら、小声で答えた。

「泥鰌《どじょう》です」

「顔がついたままだわ」

「ごめんなさい」

澪がそう詫びた時だ。ぱんっと箸を膳《ぜん》に置く音が、他にお客の居ない座敷に響いた。

「不快千万」

低く唸《うな》って、清右衛門は立ち上がる。ひゃっと首を竦める種市を横目に、美緒の脇をすり抜けて、そのまま入口へと向かう。ふきが慌てて揃《そろ》えた履物に、足を突っ込みながら、

「小娘がこんなところへひとりで飯を食いに来るとは。まったくもって親の顔が見てみたいものよ」

と、吐き捨てた。

侮蔑《ぶべつ》の言葉に、美緒の眉がきりりと吊《つ》り上がる。澪に制止する隙《すき》も与えず、父親ほ

ど年齢のかけ離れた男にこう嚙《か》みついた。

「小娘だなんて、そんな呼び方をされる覚えはありません。親の顔が見たいのなら、本両替《ほんりょうがえ》町の伊勢屋《いせや》へいらしてくださいな」

途端、坂村堂が口にしていた泥鰌汁を噴《ふ》いた。失礼、とうろたえながら、畳《たたみ》を這《は》うようにして美緒の前に出る。

「もしや、伊勢屋久兵衛さまのお嬢様では？」

そうです、と美緒は、つんと答えた。坂村堂は畳に手をついて、久兵衛さまには大変お世話になっております、と丁寧《ていねい》に一礼する。

そんな版元の姿が、ますます戯作者の怒りの火に油を注いだ。

「親の商いを笠《かさ》に、やりたい放題か。伊勢屋も馬鹿な娘を持ったものだ」

そう怒鳴って、清右衛門は暖簾《のれん》を肩で分けて出て行った。美緒は美緒で、怒りの余り身を震わせ、支払いも忘れてばたばたと帰ってしまった。結局、坂村堂が三人分を支払い、騒ぎの尻拭《しりぬぐ》いをしたのだった。

「俺《おら》ぁ、もう懲《こ》り懲《ご》りだよぅ」

坂村堂を見送った後、種市が疲れ果てたように板敷に倒れ込んだ。

「鼻っ柱の強い弁天様と、皮肉屋で口の悪い戯作者先生の戦《いくさ》なんざ、今日を限りにしてもらわねぇと、こちとら寿命が持たねぇ」

提灯《ちょうちん》を手に、俎橋《まないたばし》を渡る。飯田《いいだ》川《がわ》から涼風が吹き上げて、身にまとわりついた疲れを持ち去ってくれるようだ。ええ風やなぁ、と芳がしみじみと言った時。ご寮《りょ》さんに澪さん、と背後から声がかかった。足を止めて振り返ると、源斉《げんさい》が薬箱を手に大股《おおまた》で歩いて来るのが見えた。

「源斉先生、往診ですか?」

「ええ。無事に終えて、今、帰るところです」

良い道連れが出来ました、と笑ったあと、ふと思い出したように源斉は言った。

「今日は泥鰌汁《どじょうじる》を出されたそうですね。旨《うま》かった、と早速《さっそく》、評判になっていますよ」

自分も食べたかった、と心底羨《うらや》ましそうに話す源斉に、澪と芳は思わず顔を見合わせた。

「江戸のおひとは、ほんに泥鰌がお好きだすなあ」

つくづくと洩《も》らす芳を、源斉は驚きの眼差しで見る。

「もしや、大坂では泥鰌は食べないと?」

「泥鰌汁も泥鰌鍋も、まあ、あるにはあるんだすが、滅多と食べへんのだす。むしろ、食べへん者の方が多いと思います」

「では、大坂では夏の暑気払いに何を食べるのですか？　やはり鰻《うなぎ》でしょうか？」

いえ、と芳と澪は同時に頭を振ってみせた。

「鰻も食べますが、江戸ほど熱心ではないんです。この時期、大坂では『鱧《はも》』です。誰が何と言おうと、夏はやはり鱧だと思います」

芳の分まで、澪は力を込めて言った。鱧、という言葉を口にするだけで、独特の食感と旨みとが蘇《よみがえ》り、口の中にじわっと唾《つば》が溜まるのだ。

ああ、鱧、と源斉は嬉《うれ》しそうな声を上げた。

「鱧とはまた懐かしい。骨の多いとても変わった魚ですよね。長崎で学んだ折りに、豊前国《ぶぜんのくに》の中津《なかつ》の鱧というのを食べたことがあります。確かにあれは美味《おい》しい。ただ……」

残念ながら、と源斉は気の毒そうに続ける。

「江戸にはない魚です。この辺りの海には住んでいないのかも知れない」

やはり、と澪はその場に座り込みたいほどの脱力感を覚える。大坂から江戸に来て、三度の夏を迎えたが、その間、一度も鱧を目にしなかった。江戸ではそもそも鱧が取れないのだとしたら、仕方のない話だ。

「なら、江戸で暮らす限りは、もう二度と鱧は食べられない、ということですよね」

心の底から寂《さび》しそうに、澪は呟いた。

大坂では、蒲鉾《かまぼこ》の材料としても親しまれているが、そればかりではない。鱧は煮たり焼いたり、炊《た》いたり叩《たた》いたり、揚げたり鍋にしたり、と如何《いか》なる調理でも美味しく食べられる。殊《こと》に、澪は吸い物が大好物だった。天満一兆庵《てんまいっちょうあん》で主《あるじ》の嘉兵衛《かへえ》から味を覚えるように、と言われて初めて口にした時、そのあまりの美味しさに魂を抜き取られそうになったほどだ。

「鱧のない夏いうのんも、なかなか慣れへんもんだすなあ」

気落ちした芳の呟きを聞いて、源斉は、思案顔になっていた。


翌日。

昼餉《ひるげ》時《どき》の一番忙しい時に、つる家の勝手口からそっと中を覗く者があった。

「おやまあ、伊勢屋さんの。一体どうしたんです?」

おりょうが気付いて、そう声をかける。

「お食事に来たのですが、何だか表から入り辛《づら》くて」

もじもじと言って、美緒は俯《うつむ》いた。清右衛門に昨日、あんなに激しく罵《のの》しられたのに、と澪は首を捻りながらも俎板から目を離さない。

「そりゃそうでしょうとも。伊勢屋のお嬢様なら、うちみたいな店より、日本橋登龍《とりゅう》楼《ろう》あたりに行かれた方が良いですよ」

おりょうの声に、僅《わず》かだが刺《とげ》があった。亭主伊佐三《いさぞう》の普請《ふしん》の件でわだかまりがあるのだろう。どうしたものか、と澪が眉を下げた時、種市が割って入った。

「うちで飯を、てぇのは嬉しいが、弁天様が舞い降りたとあっちゃあ、ほかのお客がおちおち食っちゃいられねぇよ。そこの板敷で良けりゃあ、使ってくんな」

そろそろ源斉先生も見えるかも知れねぇし、それまでなら、と店主は調理場の隅《すみ》の板張りを示す。源斉の名が出たところで、美緒は耳まで真っ赤に染め、紅葉《もみじ》を散らした顔のまま、一礼してさっと帰ってしまった。

「もしや旦那さん、伊勢屋のお嬢さんは源斉先生に会いに？」

おりょうが言い、そうとも、と種市が頷く。

「ああ、それで」

包丁の手を止めて、澪は声を洩らす。忍《しの》び瓜《うり》が好物の源斉は、このところ頻繁《ひんぱん》につる家の暖簾を潜《くぐ》る。美緒はその源斉に会いたい一心でここに来たのか。

呆れたねえ、とおりょうが笑いだした。

「長くつる家を休んでたあたしなら仕方ないよ。けど、澪ちゃん、あんたが今頃《いまごろ》気付くだなんて、相当鈍いねぇ」

種市と、それに芳までが大きく頷いている。澪は、とほほと両の眉を下げた。

その翌日、さらに次の日も、美緒は時分時の一番忙しい最中、つる家の勝手口に現れ、種市に勧められるまま板敷に座ってじっと刻《とき》を過ごした。誰からも構われないのだが、それでも邪魔にならないようにちんまり座っているのを見るといじらしくて、清右衛門に啖呵《たんか》を切ったことなど嘘《うそ》のようだった。

「ああもう、源斉先生は、一体何をやってるんだろうね。あんなに待たせて」

美緒と入れ違うように店を訪れなくなった源斉のことを、おりょうまでが苛々《いらいら》と気にかける。昼餉時を過ぎ、清右衛門が暖簾を潜る頃になると、しょんぼりと肩を落として娘は勝手口から帰っていく。

いつ来るかわからぬひとを待つ、その辛さ切なさ。誰よりも澪は身に沁《し》みていた。

「思うようにはいかねぇもんだなぁ」

美緒の後ろ姿を見送って、種市はぼそりと呟いた。本当に、と澪は深々と頷いてみせる。それを横目に、種市は一層、大きな吐息《といき》をついた。

「こちらから、よろしいかしら？」

明日は盂蘭盆会《うらぼんえ》、という日の八つ半（午後三時）過ぎ。つる家の勝手口に立って、そう声をかける者があった。遅い賄《まかな》いを食べ終えたばかりの芳が、慌《あわ》てて引き戸を開くと、そこに芳と同年の女が立っていた。黒地小紋《こもん》をすっきりと着こなし、髪はおさ舟。櫛《くし》と牡丹花形簪《ぼたんはながたかんざし》はともに鼈甲《べっこう》で、地味ながら清らかな佇《たたず》まいの武家の妻女だった。

「永田《ながた》源斉と申す者をご存じでしょうか」

源斉の名が出たので、調理場に集まっていたつる家の面々と、それに美緒とが驚いたように互いの顔を見合わせる。

「へい、源斉先生なら、ここにいるあっしら皆、よく存じ上げております」

種市が前へ出て答えた。さようですか、とおっとりした口調で女は言い、後ろに控えていた小者《こもの》に、これへ、と命じた。若い小者が重そうな桶《おけ》を持って中へ入る。土間《どま》に置くと、お辞儀をして下がった。何だろう、と一同がそっと覗くと、海松《みる》茶色の鰻が十四ほど、うねうねと縺《もつ》れあっている。

「こ、こいつぁ一体……」

桶の鰻と妻女とを交互に見て、種市が戸惑った声で尋《たず》ねる。先刻から、じっと妻女のことを見つめていた美緒が、ぽつりと呟いた。

「もしや……もしや、源斉先生のお母様……」

改めて妻女を見れば、確かに柔《やわ》らかな目もとの辺りが源斉にそっくりだった。妻女は、にこにこと笑顔になった。

「永田源斉の母でかず枝《え》と申します。かねてより息子から、鰻の良いものが入れば、元飯田町《もといいだまち》のつる家という店に届けてほしい、と頼まれておりましたの」

ではこれにて、と浅く一礼して帰ろうとしたかず枝を、美緒が慌てて呼び止める。

あの、あの、と幾度《いくど》か詰まったあと、

「美緒と申します。お見知りおきください」

と切羽詰《せっぱつ》まった声で言って、深々と頭を下げた。みおさん、と繰り返して、かず枝は優しく目を細めた。

「良い名前ですね」

息子の源斉と縁組の話が持ち上がった、その相手だとは露《つゆ》ほども気付いていない様子だった。

「こっちも同じ『みお』さんなんですよ」

聞かれてもいないのに、おりょうが澪を示して言った。かず枝は美緒を見、調理中の澪を見て、口もとを緩《ゆる》める。

「おふたりとも可愛《かわい》らしい娘さんだこと」

おっとりと言って、また美緒と澪を温かく眺めたのだった。

七つ（午後四時）の鐘が鳴っている。帰り仕度の手を止めて、おりょうが板敷の方へ目を向けた。そこには夢見心地の美緒が、焦点の定まらないまま、あらぬ方向を見上げていた。

「大丈夫なのかねぇ、あれ」

独《ひと》り言《ごと》のように呟くおりょうに、種市がほろ苦く笑う。

「今頃、頭ん中で『母上さま』『なあに、美緒さん』ってなことを考えてんだろ」

若いってなぁどうしようもねぇや、と言い添えた。そんなふたりの遣《や》り取《と》りを耳に入れながら、澪は一心に包丁を使う。大坂では腹から捌《さば》いていた鰻を、江戸では背中から。慣れない捌き方に四苦八苦しながらも、澪は、

「美緒さんの帰りが遅いと、伊勢屋さんでもご心配だと思います。今のうちに送ってあげてください」

と気にかける。と、その時、座敷の方で衝立《ついたて》が倒れたのか、大きな音がした。

「野良猫が座敷に入って、暴れてます」

ふきの慌てる声が響く。種市があたふたと座敷に向かった。そのまま調理を続ける澪に、美緒がふっと声をかける。

「澪さんは良いわね。源斉先生の口に入るものを作れるだなんて」

「それが仕事ですもの」

鰻の血が目に入らないように気をつけながら、澪は淡々と答えた。

「お澪坊、悪いが加勢してくれよぅ。野良猫が暴れて手が付けられねぇんだ」

はい、と返事をして、澪は包丁を置いた。美緒が立ち上がって近寄り、俎板の上の鰻をじっと見つめていたが、大して気に留めなかった。

座敷を覗くと、種市も芳もふきも散々引っかかれて傷だらけになっている。猫はと見ると、階段下に潜《もぐ》り込み、全身の毛を逆立てて、ふうふうと威嚇《いかく》していた。澪は身を屈めてそっと箒《ほうき》を差し出し、猫がそれに飛びつくと同時に急いで入口へと向かった。表に出たことで、猫も安堵《あんど》したのか、自分から箒を放し、一目散に逃げて行った。

「澪さん」

斜めに陽《ひ》が射す九段《くだん》坂を下りて来て、源斉がにこやかに澪を呼んだ。源斉先生、と澪は急いで駆け寄った。

「鰻が届いています。今、捌いていますが、蒲焼《かばや》きが良いですか？」

一瞬、源斉は目を見張り、違う違う、と言いたげに手を振った。

「私が食べるのではなく、ご寮さんと澪さんに召し上がって頂《いただ》こうと思ったのです。実家には鰻の届けものが多いのを思い出して、母に頼んでおいたのですよ」

あの夜、鱧《はも》が食べられない、と落胆していたふたりに、鱧に劣らぬほど美味しい鰻を食べてもらいたかったのだ、と源斉は語った。その思いやりがありがたくて、澪は胸がじんわりと熱くなる。

「お、源斉先生」

種市がひょいと顔を出して、源斉を見つけると、さあ入った入った、とその腕を摑《つか》んだ。ふきと芳が座敷を整え、種市が内所《ないしょ》へ源斉を引っ張り込むのを横目に、澪は調理場へと駆け込む。

「あら」

流しの前に美緒が蹲《うずくま》っている。声をかけようとして、澪は、俎板の上の異変に気が付いた。脇に置いていたはずの包丁の位置が変わり、俎板の周囲にぽたぽたと赤いものが落ちている。美緒が触ったのか、と青くなった。

「美緒さん、どうしたの」

鋭い声で言って、澪は娘の横に屈み、その顔を覗き込んだ。

「ごめんなさい、私、澪さんみたいに出来るかと思って。でも、指を少し切ってしまって」

中指を怪我《けが》したらしく、小さな傷が出来ていた。澪は真っ青になって、

「源斉先生」

と大声で医師を呼ぶ。娘の指の付け根をきつく摘《つ》まんで、傷口に唇《くちびる》を付けると強く吸って、唾液《だえき》とともに吐き出した。澪の大声に、何事か、と源斉と種市とが飛び込んで来た。

「お澪坊、一体どうしたんだ」

種市が澪の姿を見て、おろおろとうろたえる。源斉は俎板の上を見て、唇を引き結んだ。

「源斉先生、美緒さんが指に怪我を。鰻の血がそこから入ってしまったみたいです」

澪に頷いてみせて、源斉は美緒の指を診《み》る。

引っ込めようとする娘の腕を、医師はがっちりと押さえた。水で幾度《いくど》も洗い流し、種市に薬箱を持って来させると、中から練り薬を取り出す。

美緒は、青ざめている澪を見て、大袈裟《おおげさ》だわ、と口を尖《とが》らせた。

「勝手に触ったことは謝るけれど、このくらい、大したことないわよ」

「鰻の血には毒があるのですよ、美緒さん」

練り薬を塗りながら、源斉が諭《さと》すように言った。

「血ばかりではない、表面の滑《ぬめ》りにも強い毒が含まれています。だから料理人たちは鰻を触るのに細心の注意を払うのですよ」

種市が、こくこくと頷いてみせる。

「確かに。傷のある手で鰻を触ると、あとから手が腫《は》れ上がって、大変なんでさぁ」

火を通せば毒は消えるが、決して甘く見てはいけない、と重ねて医師から告げられて、美緒はしゅんと萎《しお》れた。

「幸い、澪さんの処置が良かったので、大したことにはならないでしょう」

横でほっとした顔をしている澪を見て、ああそうだ、と源斉は再度薬を手に取った。

「つる家にこの薬を常備しておくと良い。何か入れ物はありませんか？」

「あ、はい、丁度良いものが」

澪は、棚《たな》に手を差し入れ、一対《いっつい》の貝殻《かいがら》を取り出した。栗《くり》の実に似た優しい三角の形。艶《つや》やかな表面にくっきりと模様が浮き出ている。雛祭《ひなまつ》りの賄いに出した蛤《はまぐり》の殻があまりに美しくて、取り置いていたのだ。手渡された貝を見て、源斉の頬が緩んだ。

練り薬を分けると、源斉は美緒を送りがてら慌ただしく帰っていく。ふきの客を迎える声が響き、つる家は夕餉《ゆうげ》のお客を迎える刻を迎えていた。

小さな仏壇に、沸かしたばかりの麦湯を供《そな》える。次いで澪は湯飲み茶碗《ぢゃわん》二つに、それぞれ熱い麦湯を注いだ。ひとつを芳の前に、もうひとつを芳の脇に置く。

蟋蟀《こおろぎ》の鳴く音が物悲しく響いて、それに耳を傾けていた芳は、哀《かな》しい目で澪を見る。陰膳《かげぜん》は無論のこと、何かを口にする時、澪はそこに居ない佐兵衛《さへえ》の分まで用意する習慣を身に付けていた。

「佐兵衛は今、どこでどないしてるんやろか」

芳は傍《かたわ》らに置かれた湯飲み茶碗に視線を落として、低い声で呟いた。

「自分がひとを殺《あや》めた、と信じ込んで逃げてるんやとしたら、何と哀れなことか」

富三から酷《ひど》い捨て台詞《ぜりふ》を吐かれたが、芳も澪も、佐兵衛が何とか生きてくれているものと信じていた。しかし、あのあと、釣《つ》り忍《しのぶ》売りを手当たり次第に当たってみたものの、何の手がかりも得られぬまま、季節は秋へと移ろってしまったのだ。

芳の胸中を慮《おもんぱか》って、澪の両の眉が下がる。せめてもの救いは、江戸店《えどだな》を失った原因が佐兵衛の放蕩《ほうとう》ではなかった、というのがはっきりしたことだけだった。

ご寮さん、と澪は優しく声をかける。

「お布団《ふとん》を敷きますので、今夜はもうお休みになってください」

布団に入っても、芳はなかなか寝付かれないのか、幾度も寝返りを打った。澪はそれを気にしながらも、暗い灯明皿《とうみょうざら》の明かりで、手もとの銭を数える。芳とふたり、始末をしてこれまで貯《た》めたものが、何とか一両分になっていた。これを小判に替えて、次に又次《またじ》が来る時に託そう。つる家の商いも順調で、給金も上がった。上手《うま》くいくと来年のうちには残る五両も返せるかも知れない。

野江《のえ》ちゃん、随分と待たしてしもて勘忍《かんにん》。澪は胸の内で礼を言い、小さく手を合わせた。


「本当に良いのかよぅ、お澪坊」

鰻の蒲焼きを細かく刻む澪の手もとを見て、種市が戸惑いの声を洩らす。

「せっかく、源斉先生がご寮さんとお澪坊に食べてくれ、ってのに。何もお客に出すこたぁないと俺ぁ思うぜ」

「昨日一日考えて、そう決めたんです。美味しいものは、まずお客さんに食べて頂きましょう。賄《まかな》いに少しだけ残しますね」

胡瓜揉《きゅうりも》みに、ざくざくと刻んだ鰻の蒲焼きを加えて和《あ》える。「うざく」と言って、大坂では天神祭《てんじん》の頃によく食べられるものだ。源斉から届けられた鰻も、うざくにして小鉢に盛れば、沢山《たくさん》のお客に楽しんでもらえる。どれ、と種市が脇から箸を伸ばした。人生初のうざくを口にして、うっ、と呻く。

「こりゃまた滅法《めっぽう》」

目を白黒させている店主を見て、澪はうふふ、と笑顔になった。

大坂では鰻を腹から裂いて地焼きにするが、江戸では背中から裂いて白焼き、一度蒸して脂《あぶら》を落とし、それからたれを絡《から》めて焼く。元値が高い上に、かかる手間も格段に違う。江戸で蒲焼きの値が張るのも当然といえた。

つる家のお客には武家も多いので、裂くのは背中から。ただし、胡瓜と合わせて酢のものにするなら脂があった方が美味しいので、蒸さずにそのまま地焼きにした。

「こいつぁ、小松原《こまつばら》さまに食ってもらいてぇなぁ」

種市が箸を置いて、しみじみと洩らした。そのひと言に、封じ込めていた小松原への思いが溢《あふ》れそうになり、澪はきゅっと唇を引き結んだ。

その日のつる家は、父子連れの客が目立った。藪入《やぶい》りで、久々に奉公先から戻った我が子に美味しいものを奢《おご》りたい親心なのだろう。

「おとっつぁん、鰻が入ってる」

ほんの僅かな鰻に大喜びする様子が嬉しいような切ないような。澪は調理場からそんなお客たちの様子を見守った。

「おーい、ふき坊、下足《げそく》は俺に任せて、早く登龍楼へ健坊《けん》を迎えに行ってやんな」

藪入りを姉弟で過ごさせてやろうと、店主が朝から幾度も繰り返した台詞だった。

「ふきちゃんと健坊の分も置いてあるからね」

間仕切りから顔を出して、ほら、と澪が小鉢を示すと、ふきは花が咲いたような笑顔になった。

客足が落ち着いて来たのを見計らって、ふきが前掛けを外し、弾《はず》む足取りで出て行く。源斉の心尽《こころづ》くしの鰻は、その日つる家の暖簾を潜ったお客たちを残らず幸せにしたのだった。

その夜のこと。何だよぅ、と種市が残念そうに吐息をつく。

「それじゃあ、健坊と一緒に下駄屋を覗いて、屋台見世《みせ》の白玉を食っただけだってのかよぅ」

はい、とふきはそれでも嬉しそうに笑った。

藪入りをつる家で過ごさせてやろう、とあれこれ菓子などを用意して待っていた種市なのだ。それが、幼い姉弟ふたりで登龍楼からそう遠くない下駄新道《げたしんみち》を行きつ戻りつして過ごした、と聞いては落胆《らくたん》の色を隠せない。

種市を慰《なぐさ》めよう、と澪が口を開きかけた時、

「又次さんがお越しだすで」

暖簾を終《しま》いに行った芳が、又次を伴って調理場へ戻って来た。

「遅くに済まねぇな」

又次の左手にぐるぐると真新しい手拭《てぬぐ》いが巻かれている。種市も澪もそれに目を止めた。ふたりの問いかけるような眼差しに気付いて、又次は苦く笑う。

「初めて触った魚に指をざっくり噛《か》まれちまったんだ。ざまぁねぇや」

「そりゃまた珍しい」

種市が驚いたように声を上げた。

「翁屋《おきなや》の料理番の又さんにも、触ったことのない魚ってのがあるのかよぅ」

「喜《き》の字《じ》屋の料理人とは違うぜ。廓《くるわ》の料理番なんてのは、賄い料理しか作らねぇ」

廓では、客に出す料理は喜の字屋と呼ばれる仕出し専門の料理店に頼む。又次のような廓の料理番は中の賄い料理か、あるいはどうしても、とお客に頼まれた時だけ簡単なものを作るのを常としていた。

「又次さん、触ったことのない魚って」

澪はある予感を覚えて、どきどきしながら尋ねた。

「もしかして鱧《はも》ではないですか?」

途端に又次が目を剝いた。

「こいつは驚いた。その通り、鱧だ」

贔屓筋の旦那が、上方《かみがた》から船で鱧を運ばせて、翁屋へ持ち込んだ。又次が料理をすることになったが、体つきは鰻や穴子《あなご》に似ているため、油断して指を嚙まれたのだという。

「それは災難だしたなあ。鱧は気ぃが荒《あろ》うて嚙みついたら相手を食いちぎるまで離れんて言いますさかい。どないな加減だすか?」

見せておくれやす、と芳に言われて、又次は渋々、手拭いを解いた。肉が鋭く抉《えぐ》れ、小指のはずが親指ほどに腫れている。そればかりか、手首までが熱を持ってぱんぱんに浮腫《むく》んでいた。

「こいつぁ酷い」

種市は呻き、ふきは震えて顔を背けた。澪は急いで手桶の水で手を濯《すす》ぎ、袂《たもと》に入れてある蛤《はまぐり》の貝殻を引っ張り出した。源斉から分けてもらった例の薬だ。

「これを塗ると楽になりますから」

清潔にした指で、傷口に丁寧に練り薬を擦《す》り込《こ》む。痛むのか、又次は顔をしかめて澪が手当てを終えるのを待った。

「昔、傷のある手で鰻を捌いて、やっぱり同じように腕が腫れたことがあったが、鱧ってのも、鰻と同じだったとはなぁ」

又次の言葉に、澪は、ええ、と頷いた。

傷口がなければ大丈夫だし、ちゃんと処理して熱を通せば毒は逆に風味となる。だが、無防備に血に触れれば酷い目に遭うのは、鰻も鱧も同じだった。否《いな》、鰻は嚙まない分、まだましかも知れない。

話を聞いて種市、ぶるぶると身を震わせた。

「おっかねぇ、おっかねぇ。そんな恐ろしい魚、上方じゃあ何で食うんだよぅ」

「美味しいからです」

澪は腹の底から声を出した。この世に美味しい物は数限りなくあるけれど、梅雨《つゆ》の水を飲んだあとの夏の鱧、それも大きく育つ前の鱧の美味しさは格別なのだ。だが、それを口にしたことのない者に説明するのは大層難しい。

「又次さん、その鱧、どうなったんですか？」

「俺が何とか捌いたんだが、どうにもこうにも骨が多くて、とても口に入るもんには出来なかった」

猫の餌《えさ》になった、と聞かされて、澪は貧血を起こしそうになった。あのふくよかな身が、上品な旨みの詰まった身が、猫に食べられてしまったのか、と思うと涙が出そうになる。

澪、と芳が小さく呼んで、その袖を引っ張った。

「又次さんが困ってはる。何もそないに恨めしそうにせんかて」

はっと又次を見ると、何とも弱った顔をしている。ふきが口を押さえて無理にも笑いを堪えていた。

芳にはふきとともにつる家の内所で待ってもらって、澪はあさひ太夫《たゆう》のための料理を作る。蒲焼きにした鰻を少し残しておいたことを、嬉しく思う。蓋《ふた》を開いた時にうざくが目に入ったら、野江はどれほど喜ぶことだろうか。

弁当を詰め終わると、澪は懐に仕舞っていたものを取り出した。懐紙に包んだ一両だ。

「又次さん、これを野江ちゃん……あさひ太夫に渡して頂けますか」

受け取った感触で中身を悟ったのだろう、又次はわかった、と短く言って、それを弁当箱の上に載せ、風呂敷《ふろしき》で包み込んだ。澪は袂から再度、蛤の殻を取り出した。

「これも、使ってください」

澪が差し出した掌のものを見て、良いのか、と又次は戸惑っている。

「良いんです。毒消しの練り薬ですから、何かの役に立つかも知れません。それに」

言いかけて澪は黙った。幼い日、野江と貝合わせで遊んだのを思い出したのだ。高麗橋淡路屋《こうらいばしあわじや》のこいさん（末娘）だった野江の遊ぶ蛤の貝殻には、内側に金箔《きんぱく》が貼られ、彩りも豊かな花や鳥が描かれていた。遊ぶ度《たび》に澪が見とれるので、中のひとつを野江が内緒でくれたことがあった。今思えば、あれは淡路屋の商いにまつわる品で、野江は親から随分と叱《しか》られたに違いない。だが、そんな思い出の品もあの水害で失ってしまった。否、失ったのは、あの貝殻だけではない……。

「蛤の貝殻に何かあるのか？」

又次の問いかけに、いいえ、と澪は感傷を断ち切るように首を振った。そのまま内所へ声をかけようとして、又次に止められる。

「若旦那のこと、力になれなくて済まねぇな」

声を低めて、又次は言った。

佐兵衛を騙《だま》した遊女、松葉《まつば》が今、どの見世《みせ》に何という名で出ているのか。富三に逃げられた夜、佐兵衛に繋《つな》がる少しの手がかりでもほしい、と又次に縋《すが》ったことを澪は思い出す。

「吉原《よしわら》には吉原の規《のり》ってのがある。冷たいようだが、堪えてくれ」

前と同じ台詞を繰り返す男に、澪は返事の代わりに小さく息を吐いた。

処暑《しょしょ》を過ぎ、陽《ひ》が落ちると虫が鳴き始める。奏でられる音色の数は日々、少しずつ増えていくようだった。

「日中の暑さには参りますが、夜は随分と凌《しの》ぎやすくなりましたねぇ」

この日、最後の客は坂村堂だった。食道楽の版元は、昼は戯作者とともにつる家の暖簾を潜り、夜はひとり、いそいそと夕餉を食べに来る。

「つる家さんがあって助かりました。何しろ料理番が先月、勝手に辞めてしまいましてね」

挨拶《あいさつ》もなしに姿を消した、と坂村堂はその時だけ険《けわ》しい顔になった。富三のことを思い出して込み上げて来る怒りを、澪は唇を結ぶことで堪えた。

坂村堂は、蓴菜《じゅんさい》の小鉢に手を伸ばす。

「もうそろそろ、蓴菜ともお別れですね。おや、これは……」

常の酢のものではないことに気付いて、坂村堂は首を傾《かし》げた。小鉢に顔を近づけ、匂《にお》いを嗅《か》いで目を見張った。

「こいつぁ、山葵《わさび》ですか」

流石《さすが》、食道楽の坂村堂さんだ、よく気が付きなすった、と種市が相好《そうごう》を崩す。

「いえね、お澪坊が『蓴菜《じゅんさい》は山葵で食べるのが本当は一番美味しいと思う』なんて話をしてましてね。あっしが自分の肴用《さかな》に、走りの山葵を買っといたんでさぁ」

山葵は年中あるものだが、春の終わりから夏の間、味が鈍い。丁度、今頃からが辛《から》みも出て美味しくなるのだ。名残りの蓴菜と走りの山葵。双方が出会う、ほんの一瞬の間の料理だが、滅多に食べられないからこそ、料理人にとっても喜びの一品だった。毎回、清右衛門の分まで支払いをする坂村堂へ、感謝の印に振る舞ったものだ。

小鉢に口をつけて、ちゅるんと吸い込む。

途端に丸い目がきゅーっと細くなった。口の中の旨みを楽しむかのように、うんうん、と頷くそのさまは、相変わらず見る者を幸せにする。

澪は、ふいに小松原を思った。生姜《しょうが》が苦手な小松原に、この山葵の効いた蓴菜を食べてもらいたい、と思う。思ったところで、どうにもならないのに。

「どうぞごゆっくり」

澪は坂村堂に一礼し、あとを種市に任せて調理場へ戻った。他に誰も居ない調理場の流しに手を置いて、じっと胸の痛みに耐える。両国の川開きの夜から、実際はふた月しか経《た》っていないのに、自身の中では何十年も過ぎてしまった気がした。

逢《あ》いたい。

ただ、逢いたい。

でも、どうすれば逢えるのか、わからなかった。ふと顔を上げた先に、弁慶《べんけい》に挿《さ》された杓文字《しゃもじ》があった。芳が洗って、そこに納めてくれたのだろう。それを手に取って暫《しばら》く見ていたが、澪は勝手口を抜け出すと、足音を忍ばせて表へ向かった。

月の出の遅いこの時期、外は真っ暗だ。澪は、俎橋の手前で立ち止まると、道行く人の提灯の火が途絶えるのを待つ。人通りがなくなると、杓文字を大きく手前に振った。東西南北、と向きを変えて四度。黙々と杓文字を振る澪の姿を、ほんの一瞬、屋台見世の掛け行灯《あんどん》が影絵のように映し出した。

坂村堂を送るために、先に表に出たふきがその姿に気付いた。声をかけようとする少女を、芳がそっと止める。

「あれはなぁ、お客さんを呼び寄せるおまじないなんや。まじないをしてる時に声をかけられたら、効き目が無《の》うなる。せやさかい、そっとしといたげなはれ」

つる家は充分に流行《はや》っているのに、と思ったのだろう、ふきは不思議そうに首を傾げた。

「先日は伊勢屋の美緒さんの件で、ご迷惑をかけました。この通りお詫びします」

店開け前のつる家の二階座敷。源斉は座ったまま、低く頭を下げた。

「止《よ》してくださいよ、源斉先生。何も改まってそんな」

種市がうろたえて腰を浮かせる。澪は仕込みの具合が気になりながら、口を挟《はさ》んだ。

「源斉先生、私に大切なお話というのは」

水を向けられて、源斉は澪の方へ向き直る。

「実は、澪さんには明後日、私と一緒に吉原へ行って頂きたいのです」

店主と奉公人は揃って目を剝いた。そそそいつぁ一体、と種市は源斉に詰め寄る。

「一体、何でお澪坊を吉原なんぞへ？」

「そうだす、何ぼ何でもそれは」

青ざめた芳が、澪を背中に庇《かば》う。その姿に源斉は、違います、違います、と困ったように頭に手をやった。

「実は、吉原の翁屋という廓《くるわ》の店主に頼まれまして」

翁屋と聞いて、又次の顔が浮かんだのだろう、芳も種市も幾分、安堵した表情になった。

源斉の話はこうであった。吉原廓の翁屋の楼主、伝右衛門《でんえもん》から、明後日の八朔《はっさく》に鱧《はも》の料理で上客をもて成したいのだが、鱧を調理できる者が居ない。顔の広い源斉ならば良い料理人を知っているのではないか、と打診されたのだ。

「即座に澪さんのことが脳裏《のうり》に浮かんで、考える間もなく、引き受けてしまったのですが。澪さんは鱧を料理できますか？」

翁屋は野江の居る廓だ。突然のことに驚いて、澪は声が出ない。言葉を失っている娘の代わりに、芳がさっと身を乗り出した。

「私の口から申し上げるのも何だすが、この江戸でなら、鱧を料理させて澪の右に出る者は、おそらく居てへん、と思います」

ただ、と芳は、店主に視線を向ける。

「料理人が居《お》らんでは、お店を開けることが出来へんのだす。つる家にご迷惑をおかけするのは、どうにも気ずつない（気兼ね）思います」

「そんなこたぁ気にしなくて良いんだよぅ」

種市が目を輝かせながら応《こた》えた。

「八朔だろ？　お澪坊を口実に店なんざ休んじまぇば良いさ。ねえ、源斉先生、あっしもお澪坊と一緒に翁屋へお邪魔しても構わ……」

後ろに座っていたふきが、思わず店主の袖をぐいっと引っ張った。咄嗟《とっさ》にしたことで、すぐに真っ赤になって、済みません、済みません、と繰り返す。それで種市は、

「そうでさぁね、あっしはお呼びじゃねぇや」

と照れたように笑い、がりがり頭を掻《か》いた。

結局、八朔には暖簾を出さず、吉原へは澪だけが行くことになった。

「翁屋へ、何か要望はありませんか？　明日一日あるので、先方に伝えますよ」

源斉の言葉に澪は少し考え、こう言った。

「軆を調理するには特別の包丁が要《い》るんですが、それを用意して頂くのは難しいと思います。出来れば、七寸（約二十一センチ）以上の出刃。重さが充分にあって、刃先がなるべく真《ま》っ直《す》ぐなものをお願いしたいです」

他にも色々用意して欲しい、昆布《こんぶ》に青柚子《あおゆず》に、と澪の口が止まらなくなったところで、源斉が悲鳴を上げた。

「とても覚えきれません、文にしてもらえませんか？」

八月朔日《さくじつ》。

澪は一睡も出来ないまま朝を迎え、源斉とともに、芳たちに送られて金沢町の裏店《うらだな》を立った。八朔のこの日は、まだ明けやらぬうちに通り雨があり、そのあと一気に晴れ上がった。日照り続きで埃《ほこり》だらけだった町並みが一掃され、道端に出来た水たまりに青空が映り込んでいる。明神下《みょうじんした》を通り抜ける風も秋らしく、心地良かった。

丁度一年前、同じく源斉に案内されて、吉原へ八朔の「俄《にわか》」見物に出かけたことを懐かしく思い出す。あの時は、よもや野江が吉原廓に居るとは夢にも思わなかったのだ。

「一年、早いですね」

同じことを思ったのか、源斉がぽつりと言った。ええ、と頷いて、澪は足を止める。化け物稲荷《いなり》の前だった。

「お参りしてから行きましょうか」

澪の気持ちを察したように源斉が言った。

神狐《しんこ》の足もとに、いつものように油揚げが一枚、既《すで》に置かれている。澪は、祠《ほこら》の前に身を屈めて、そっと両の手を合わせる。その祈りの邪魔にならぬよう、源斉は少し後ろに立ったまま、首《こうべ》を垂れた。

祈りを終えて顔を上げると、神狐が、いつものようにふふっと笑っている。赤い前掛けが少し曲がっているので、澪は手を差し伸べて直した。

前々から思っていたのですが、と源斉が控えめに口を開いた。

「この神狐、何処《どこ》となくあさひ太夫に面差《おもざ》しが似ています。殊に目の辺りが」

八つで生き別れになって十二年。たとえ巡り会えても、野江とはわからないかも知れない、との怯《おび》えもあった。けれど、そうか、野江は幼い日の面影を残したままなのか。初めてこの神狐に出会った時のことを思い返して、こみ上げるものがあった。

化け物稲荷をあとにして、ふたりは暫くの間、無言のまま足早に歩く。寛永寺《かんえいじ》を左にやり過ごし、金杉上町、下町、と過ぎて三ノ輪《みわ》に辿《たど》り着く頃には全身から汗が滴《したた》った。目の前に日本堤《にほんづつみ》。この一本道を行けば、じきに吉原だ。そう思うと、澪の足取りは少しずつ重くなり、とうとう歩みを止めてしまった。

野江の居る翁屋へ行くのだ。それも料理人として。そのことが幸せなのか、そうではないのか、澪には判断がつかなかった。これから翁屋で何が待っているのかもわからない。

その不安を察したのか、源斉も立ち止まって、柔らかな眼差しを向けた。

「あなたがたを見ていると、春樹暮雲《しゅんじゅぼううん》、という言葉を思い出します」

「しゅんじゅ……？」

澪は学のないのを恥じながら、それはどういう意味でしょうか、と源斉に問い返した。

「海の向こうの、杜甫《とほ》というひとの詠《よ》んだ一節です。遠く離れて生きる友ふたり。片や、春に芽吹く樹《き》を眺めて相手を想《おも》い、片や、日暮れの雲を見て相手を想う。友と友とが互いを深く想い合う、その情を詠んだものなのですよ」

澪は戸惑って俯《うつむ》いた。試練の時に、「雲外蒼天《うんがいそうてん》」という文とともに十両を届けてくれた友。生死の境を彷徨《さまよ》いながら、泣いてへんか、と気にかけてくれた友。けれども澪自身は野江を支えるなど微塵《みじん》も叶わない。ただただ情けなかった。

時刻が早いためか、日本堤を行くひとの数もさほど多くない。さあ、と澪を促して、源斉は歩き始めた。

「澪さんの耳には入れておきましょう。鱧を持ち込んだのは、あさひ太夫の客です。太夫に好物の鱧を食べてもらい、滋養をつけさせたい、と望まれたそうなんです」

「では、私の作る料理が、野江ちゃん……いえ、あさひ太夫の口に」

ええ、と源斉は深く頷いた。もちろん、客やその連れにも振る舞われるけれども、主な目的はあさひ太夫に食べてもらうことにある、とのこと。

生け捕りにした鱧を上方から船で江戸まで、太夫に食べさせるためだけに運ぶ。そんな桁外《けたはず》れの贅沢《ぜいたく》が出来る者が居るのだ、と澪は溜め息をついた。

目を転じれば、二万坪を超える広大な遊里が眼下に広がっている。澪にはそれが中の鳥を決して逃すまいとする、堅牢《けんろう》な籠《かご》に見えた。

どうすればここから友を取り戻せるのか、そのために自分に何が出来るのか。考えても考えても答えは出ない。

今、自身に出来ること。

それは結局のところ、料理しかないのだ。

心を込めて料理を作ろう。野江に大坂を偲《しの》んでもらえるような、美味しくて滋養になる料理を作ろう。

漸《ようや》く心が定まって、澪は源斉のあとに従い、衣紋《えもん》坂を下るのだった。


「源斉先生」

伝右衛門の顔が、じわじわと朱に染まっていく。脂肪で弛《たる》んだ頬、たっぷりとした福耳までもが真っ赤だ。

江戸町《えどちょう》一丁目、翁屋一階の内所。源斉と澪は、二階へと続く階段を背にして座っていた。内所はそのまま広間へと繋がり、そこで遊女らが食事を摂《と》るのか、畳敷の広々とした中に、足つきの膳が幾つか置かれたままになっている。

「先生は確か、上方の料理人を連れて来る、と仰《おつしや》ったはずでございました。鱧《はも》の料理の出来る料理人を、と」

無理にでも激情を押し殺した、伝右衛門の声だった。禿頭《とくとう》までが、怒りのあまり真っ赤に染まり、茹《ゆ》でた蛸《たこ》のようになった。澪はそれだけでもう、震えあがっている。

だが源斉は、その通りです、と落ち着き払って頷いた。

「このひとは正真正銘、大坂の名料理屋で包丁を握っていた料理人です。鱧について詳しく、安心して料理を任せられる――伝右衛門殿が望まれていた通りの」

「女が」

源斉の言葉を遮って、伝右衛門は声を荒らげる。

「女が作る料理など、この翁屋で出せる道理がない。いくら源斉先生の仰ることでも、こればかりはいけません。そちらのかたにはお引き取り願いましょうか」

言い放って、伝右衛門は澪をひと睨みすると、苛々と立ち上がる。澪は咄嗟に身を乗り出し、その足もとへ縋《すが》った。

「お待ちください、どうして女が作る料理は駄目なのでしょうか」

じろりと澪を睨み、そのまま去ろうとして、しかし伝右衛門は留《とど》まった。澪の傍には源斉が控えている。御典医《ごてんい》、永田陶斉《とうさい》の子息、という重い事実が脳裏を過《よ》ぎったのか、一瞬、渋い顔になる。楼主《ろうしゅ》は聞こえよがしに溜め息をつき、澪の脇へ腰を落とした。

「女の料理というのは、あくまで所帯の賄いであって、正式なもてなしの料理にはなりえない。板場に女が入るなど、とんでもないことですよ。月の障りのある、そんな生臭い手で作られたものなど、銭を払ってまで食いたいとは思わない」

あまりの言われように、両の耳がかっと熱を持つのがわかった。けれども、ここで引き下がっては、野江に食べてもらう鱧料理を作ることが出来なくなってしまう。

「美味しい料理を作るのに、男も女もないのではありませんか?」

澪は、なおも楼主に取り縋る。

「料理の味わいや、それを口にして『美味しい』と思った気持ちは、料理人が女と知れただけで消えてしまうものなのでしょうか?」

「消えてしまうでしょうな」

伝右衛門は即答し、澪を払い除《の》けるようにして立つ。その時、背後から声がかかった。

「このひとを帰しちまっちゃあ、宴《うたげ》に出す料理は出来ませんぜ」

聞き覚えのある声に澪が振り返ると、内所の入口に膝《ひざ》をついて、こちらを見ている男が目に入った。

翁屋の料理番、又次だった。

この役立たずが、と伝右衛門は吐き捨てる。

「料理番のくせにあんな魚一匹、まともに捌けない。お前が不甲斐《ふがい》ないばかりに、こんな騒動になるんだ」

拾ってもらった恩も忘れやがって、と罵倒《ばとう》されて、又次は畳に視線を落とした。ぐっと悔しさを堪えているその表情が胸に応えて、澪は思わず楼主相手に声を張った。

「それは鱧という魚を知らないから言えることです。獰猛《どうもう》な上、細長い身体の中に何千という骨を抱え、血には毒。慣れた者から教わらなければ、扱いきれるものではありません」

小娘から、さも物を知らないように言われたことが、翁屋楼主の気に障ったのだろう。又次の後ろに控えていた見世番に目を止めて、焦《じ》れた声でこう命じた。

「今すぐ喜の字屋へ行って、一等、腕の立つ料理人に来てもらえ。店主にはあとで俺から詫びぃ入れておく」

へい、と返答して駆け出したその背中へ、

「祝儀ならいくらでも弾む、何なら給金の半年分払う、とそう言いな」

と付け足した。そうして伝右衛門、今度は源斉の前にきちんと座り直した。

「源斉先生、お聞きの通りでございます。せっかくのお心遣いではありますが、翁屋伝右衛門、手前の方で料理人を手配しましたので、今日のところはご勘弁のほどを」

深々と頭を下げる楼主に、源斉は柔らかな笑顔を向ける。

「廓には廓のしきたりや考えもあることでしょう。他に料理人が居るのならば結構。要らぬ世話を焼いてしまいました。ただ、もしも」

ふいに考え込んだ若い医師の言葉の続きを、居合わせた誰もが固唾《かたず》を呑んで待っている。気配を感じ、澪は首を捻《ね》じって階段を見上げた。昼見世までまだ間があるから、白粉《おしろい》も塗らぬままの若い娘たちが、階段の上からこちらを覗いている。妖艶《ようえん》さとは程遠い、あどけなささえ感じる素顔。どの娘も澪と同じくらいか、あるいは年下に見えた。もしや野江が、と思うものの、見つめ続けることが憚《はばか》られて、そっと目を伏せる。

伝右衛門殿、と源斉が漸く口を開いて、畳に両の手をついた。

「鱧という魚、扱いに危険が伴うのであれば、やはり医師が傍にいた方が良い。私に同席させて頂けませんか。出来れば、このひとも一緒に」

お願いします、と源斉に深々と頭を下げられて、廓の楼主は肝を潰した。公方《くぼう》さまのお脈を取る御典医、永田陶斉。その子息が吉原の遊廓の楼主に平伏《ひれふ》すことなど、誰が信じるだろう。どうぞお顔を、と懇願《こんがん》する声が震えていた。

板敷に、桶が十ほど積み重ねてある。ひとつの桶に、鱧が一匹。「つ」の字の形に収まっている鱧を見て、澪の瞳《ひとみ》が輝いた。照りのある肌は、光の加減で紫を帯びて見える。極めて上質の鱧だった。

「どんな難しい魚かと思って来てみりゃあ、何のことはない、鰻や穴子と同じじみてくれか」

喜の字屋が寄越した料理人は、さも、詰まらぬことで呼び出された、と言わんばかりの顔をしている。板長だというこの男は、自前の包丁を調理台に並べて、中の一本を手に取った。特別に作らせたのだろう、先が切り出しになったものだった。

あ、と声を洩らす澪を、料理人はじろりと睨みつける。その包丁で鱧の骨を切るのは難しい、という言葉を澪は無理にも飲み込んだ。

「うちの料理番が手を噛まれちまった、扱いには充分に気を」

伝右衛門の台詞を途中で封じて、板長はきつい口調になった。

「上方から船で丸三日。吉原には酔狂な客が多いが、そんなに刻をかけて運んでちゃあ、嚙むの嚙まないのって話にはなりませんぜ」

大方、捌く時にその歯で誤って傷を作ったに違いなかろう、という口振りだ。板長に命じられ、若い衆が桶に手を入れて鱧を取りだそうとした。途端、それまでぴくりとも動かなかった鱧が大きくのたうった。

「ひいぃ」

若い衆が鋭い悲鳴を上げた。見れば鱧が小指に食らいついている。板長が慌てて鱧を引き離そうとするのを、澪が止めた。

「引っ張っては駄目です。指を食いちぎられてしまいます」

鱧の口の上下をしっかりと摑んで、めりめりとこじ開ける。何とか解放されて、若い衆は小指を押さえたまま台所の板敷の上を転がった。騒然となる中、源斉が駆け寄って傷口を診る。

「大丈夫です、大したことはない」

源斉の言葉に、板長はほっとした顔で額の汗を拭った。鱧を手にしたままの澪に気付くと、余計なことを、と言わんばかりに睨みつけ、さっと取り上げた。

「先に首の付け根を切って、締めた方が」

「いい加減にしやがれ」

澪を怒鳴りつけると、それでも言われた通り、首の付け根に包丁を入れて鱧を締めた。全体のぬめりをこそげ落とし、背中から開いていく。開きながら、板長は、うっと声を洩らした。想像をはるかに超える骨の数。しかもその骨は肉の中で枝に分かれているのだ。

傍らではらはらと澪が見ていることが、板長の癪《しゃく》に障った。

「見せ物じゃねぇ」

怒鳴って布巾《ふきん》を叩きつけた拍子《ひょうし》に、俎板に溜まっていた鱧の血がぱしゃりと撥《は》ねた。

ああ、と板長は手の甲で目を拭った。

「目に入ったんですか」

澪が真っ青になる。

「早く、早く目を洗ってください」

澪の動揺を見て、又次が水瓶《みずがめ》から桶にたっぷり水を汲《く》み、男に差し出した。

「手出し口出しは控えやがれ」

乱暴に桶を払って、板長は猛《たけ》り狂う。その右の眼が見る間に真っ赤に充血し始めた。痛むのだろう、脂汗が浮いている。源斉が無理にも男の顎《あご》を押さえた。

「良いから、言う通りになさい。さもないと取り返しがつかないことになります」

医者に言われてやっと男は大人しくなった。源斉は湯ざましで幾度も丁寧に男の目を洗う。そうして手当てを終えると、青ざめて棒立ちになっている楼主に向き直った。

「如何でしょうか、伝右衛門殿。この際、こちらの料理人に鱧の調理をお任せになっては」

眼差しで澪を示して、源斉は諭《さと》すような口調で続ける。

「私は医師ですが、これまで扱ったことのない症状に出くわせば、うろたえるし、平静を失うこともあります。そのまま無理を通せば、患者の命を奪いかねない。そんな時は、経験のある者の意見に耳を貸し、助けてもらう。料理人も同じではないでしょうか」

若い医師に言われて、伝右衛門は、ううむ、と呻り声を洩らす。腕を組んで暫《しば》し考え込んでいたが、やがて腹を決めたのか、顔を上げて澪を見た。

「お前たち、何時《いっ》まで油売ってんだ。新造《しんぞう》どもは、さっさと『俄』の仕度にかかりな。愚図愚図《ぐずぐず》してたら折檻《せっかん》だよ」

階段に鈴なりになっている娘たちを、遣り手《やて》が叱責《しっせき》している。広間には、番頭に見世番、客引きに風呂番、お針に下働きなど、翁屋の奉公人たちが集まって、興味津々《しんしん》の様子で台所を覗き見ていた。

流しが立ち流しであることにほっとしながら、澪は持参した俎板を流しに据え置く。

「包丁は、これで良いか」

又次から差し出された包丁を手に取り、そのずっしりとした重さを確かめて、澪は初めて頬を緩めた。一昨日、源斉に文を託して包丁の要望を知らせておいたのだが、又次が澪の望む通りの出刃を用意してくれたのだ。

「何でも言ってくんな。手伝うぜ」

「ありがとうございます」

澪は心から礼を言って、鱧を手に取った。

丁寧にぬめりを取り、腹から包丁を入れてわたを抜き、綺麗《きれい》に開く。中骨とひれを外し、腹骨をすき取ると、澪は一旦《いったん》包丁を置いた。気持ちを落ち着かせるために軽く息を吐く。横で息を詰めていたらしい又次も、大きく吐息をついた。

鱧の身の中に小枝のように張り巡らされた骨を包丁で切り、口に触らないようにする作業は「骨切り」と呼ばれ、熟練を要するのだ。もう何年も鱧を触っていない澪にとって、身震いするほど怖くもあった。けれど、とそっと息を吸い込みながら野江を想う。

野江に故郷の大坂を偲べる鱧を食べてもらいたい。顔を見、声を聞き、手を取り合うことは叶わなくとも、料理でその心に寄り添いたい。

よし、と澪は自身に頷いてみせると、再び包丁を手に取った。

「何と典雅な」

しゃりしゃり、という衣擦《きぬず》れのような音をさせながら、包丁が小気味よく鱧の身の上で躍《おど》る。皮一枚のみ残して、一寸の身に二十五、六もの筋が入るのを見て、伝右衛門が思わず感嘆の声を洩らした。だが、その称賛も、澪の耳には届かない。無我夢中で、次から次へと鱧を捌き、骨を切っていく。澪の眉が曇った。生きの良い鱧なら、骨切りするとちりちりと身が縮む感触がある。だが、この鱧はかなり弱っているらしく、僅かに刃に身が付いた。

何か手を考えなければ。

「又次さん、頭と中骨は捨てずに、焦《こ》げない程度にじんわり焙《あぶ》ってもらえませんか。良い出汁《だし》が引けますから。あと、葛《くず》が欲しいのです。出来れば吉野葛が」

「わかった、すぐに用意するぜ」

「擂《す》り鉢で出来るだけ細かくしておいてください」

任せてくれ、と又次が軽やかに台所を動き回る。誰もが澪の鮮やかな包丁捌きに目が釘付けとなり、澪と又次の会話だけが響いた。

「宴席は昼ですか、夜ですか？」

「夜だが、太夫には昼餉にも出す」

「なら、太夫の分を先に作ります」

沸騰した湯に鱧の身を放つと、花が咲いたように丸く美しく広がる。掬《すく》い取って、今度は冷水に落とす。水気を拭い、鉢に装って酢味噌を添えた。

「お味を見てください」

差し出された鉢に、伝右衛門は驚きの目を向ける。粗野で忌々《いまいま》しいまでに獰猛《どうもう》な魚が、よもやこのように美しい純白の身を持っているとは思っていなかったのだ。

「しかし、毒があるはずでは」

箸を取ることを躊躇《ためら》う楼主に、澪は軽く首を振ってみせる。

「火を通せば毒は消え、旨みへと変わるのです。召しあがってみてください」

言われて伝右衛門、恐る恐る箸を取った。滑らかな酢味噌をつけて、口に運ぶ。

「こ、これは何という……」

生まれて初めて口にした鱧。その上品な、それでいてぎゅっと濃縮された味に、伝右衛門は心を奪われたようだった。広間から覗き見ている者たちの喉《のど》が、一斉にごくりと鳴った。澪は布巾に残った鱧の身を口にして、眉根を寄せた。やはり鱧の持つ本来の旨みが逃げている。これが鱧の味と思われるのは切なかった。

「これで良いか」

又次が、細かくした葛を差し出す。澪はほっとした顔でそれを受け取った。澪は葛で味を留め、見た目を艶やかにすることを思いついたのだ。刷毛《はけ》を使って吉野葛を鱧の筋目、筋目に丁寧にはたいていく。葛で薄化粧した鱧を湯に放ち、花が咲いたところで掬いあげて椀に入れる。そこへ、吸い地を浅めに張って、卸《おろ》した青柚子を散らせた。湯気に載って、青柚子の初々しい香りが見物人たちの鼻孔《びこう》に届けられる。

伝右衛門の箸が、葛の衣を纏《まと》った鱧の身を捉えた。先ほどの鱧とは違い、表面が艶々と輝いて見える。椀の汁を吸い、ほうっと溜め息をついたあと、その身を口にした。静かに咀嚼《そしやく》した伝右衛門、椀を置くとじっと俯いた。

口に合わないのだろうか、と広間の皆が顔と顔を見合わせる。と、その時、伝右衛門が右の指でそっと目頭を押さえたのだ。

「鬼の目に涙とはこのこと」

くぐもった声で言うと、伝右衛門は潤《うる》んだ双眸《そうぼう》を源斉に向けた。

「源斉先生、この伝右衛門、今日は心底、参りました。流石《さすが》、先生が目をかけられた料理人だけのことはあります」

　そうして再び、椀の中に目を落とすと、しみじみと呟いた。

「亡八《ぼうはち》のこの私が、よもや、たかが料理でここまで心を揺さぶられるとは……。この鱧料理のお蔭《かげ》で、翁屋は上客からの覚えもますます高くなろうというもの」

　最後に計算高い顔を見せて、楼主は又次に早く上へ届けろ、と命じた。すぐさま又次が器を膳に載せ、階段に向かう。そのあとを、鼻をひくつかせて皆がぞろぞろと従った。

「お前さんにも礼を言いますよ」

　よくやってくれた、と声をかけられて、澪は真っ直ぐに楼主を見る。

「料理の味わいは、美味しいと思う気持ちは、料理人が女と知って、変わったでしょうか」

　伝右衛門、ほろりと苦く笑った。

「済まなかった。いやはや、この通り」

　そう言って、光る禿頭をひょいと下げるのだった。

　台所から内所へ戻ると、表が随分と賑やかになっていた。澪が外を気にしているの

を見て、

「今日は八朔なもので、常よりも一層人通りが多いようで」

と、楼主は煙管《キセル》に火を入れながら上機嫌で言った。昼見世が始まったらしく、後ろの階段を、客を連れた遊女が賑やかに上っていく。紋日《もんび》の今日は揚代《あげだい》が倍になるので、迎える方の足取りは軽やかだ。澪は居心地の悪さを堪えて、唇を結んだ。

煙管を吸いこんで目を細めた伝右衛門、さて、と澪の方へ向き直った。

「お前さんが男で、源斉先生がもう少し砕《くだ》けたおかたなら、今日の礼に、上でそれぞれ遊んで頂くことも出来るんですがねぇ」

途端に目を剝いた源斉に、伝右衛門が、冗談でございますよ、とゆるゆる笑ってみせる。ぱんぱん、と軽く手を打つと、内儀《おかみ》と思《おぼ》しき痩せぎすの中年女が衝立の奥から現れた。塗り盆を受け取ると、伝右衛門は、そのまま畳に置いて澪の方へ滑らせた。

懐紙に包んだものが載っている。

「懐へお納めのほど」

懐紙の中身の見当がついて、澪は首を横に振る。先のあどけない素顔の娘たちが脳裏を巡った。遠慮せずに、と再三再四、促されたが、澪はじっと俯いたままだった。

「ご立派なことだ。女に身を売らせて得た銭は、汚らわしいとでも言いたいのか」

機嫌を損ねた声で言い、伝右衛門は懐紙を自身の懐に突っ込んだ。

源斉が、まあまあ、と取り成した。

「このひとは無欲なのです。一心に料理に身を尽くすことしか胸中にないのです」

出汁《だし》の匂いの滲《し》みついた粗末な着物。年頃の娘なのに、化粧もせず、髪に簪を挿《さ》すこともない。伝右衛門は改めて澪を眺め、理解に苦しむ、というように首を傾げた。

「しかし、礼をしない、というわけには」

伝右衛門から他に欲しいものを問われて、澪は、膝に置いた手を小さく拳《こぶし》に握った。

あさひ太夫に逢わせてほしい。

しかし、そのひと言を澪は口にすることが出来なかった。

――里の中であんたに逢いたいと……遊女でいる姿をあんたに見られたいと……太夫がそれを願うと思ってるのか？

以前、又次から投げつけられた台詞が、胸に残っていた。ただ黙って拳を握っている娘に、伝右衛門はやれやれ、と頭を振る。

その時、板敷を踏み鳴らして見世番が内所へ飛び込んできた。

「大変です。『俄』に使う舞台が引っくり返って、若衆が三人、下敷きになりやした」

その声に源斉が弾かれたように立ち上がる。澪さんはここに居てください、との言葉を残して、若い医師は楼主と見世番とともに飛び出して行った。

源斉の言いつけを守り、半刻《はんとき》（約一時間）は同じ場所にただじっと息を詰めて座っていた。廓の前の人通りは少し減ったように思うのだが、階段の上り下りは頻繁《ひんぱん》で、遊女たちが嬌声《きょうせい》を上げて客と縺《もつ》れ合う。澪はどうにも気詰まりだった。源斉に一筆残して、ひと足先にここを出よう、と思う。

「済みません、筆と紙をお借り出来ますか」

澪は遠慮がちに衝立の奥に声をかけた。内儀が面倒臭そうに、二階の遣り手を呼ぶ。

「女料理人が筆と紙をご所望だそうだよ」

随分と待たされて、漸く、階段から内所の方へと歩いて来る足音が聞こえた。その姿を見た途端、あら、と澪は声を洩らした。遣り手ではなく、美しく化粧をした若い女だった。崩した髪を後ろでひとつに纏め、白装束に身を包んでいる。

「『俄』で白狐《びゃっこ》を踊るんでありんす」

女はうっすらと笑んでみせて、澪の前に硯《すずり》と筆と紙とを並べた。すぐに書けるよう、硯には墨《すみ》が磨《す》られていた。ありがとう、と頭を下げる澪の耳に、女はそっと顔を近づける。

「あちきは菊乃《きくの》と申しんす。よっく覚えておいておくんなんし」

「菊乃！　何をこそこそやってんだい！」

間髪容《かんはつい》れず、衝立から内儀が顔を出して怒鳴った。おお怖い、と菊乃は大げさに肩を竦めてみせる。

「あちきは頼まれたものを届けに来ただけでありんすよ」

立ち去り際、菊乃は澪を振り返って、またうっすらと笑顔になる。

「今日の『俄』では、翁屋の女狐《めぎつね》が白狐に化けるのでありんす。この先の西河岸《にしがし》のお稲荷さんを皆で冷やかしに行くのでありんすよ」

そう言って、菊乃は澪の目をじっと見た。その瞳に何か訴えるようなものを感じるのだが、澪にはそれが何かわからない。内儀にまたも怒鳴られて、菊乃は密《ひそ》かに眉根を寄せると、身を翻《ひるがえ》して階段を駆け上がった。

源斉に宛《あ》てた手紙を認《したた》め終えると、澪は衝立の向こうに、暇《いとま》の挨拶の声をかけたが返事はなかった。せめて又次に、と思うのだが、台所を覗くと賄いの用意できりきり舞いをしているのがわかった。仕方なく、番頭に文を預け、澪は店の邪魔にならぬようにひっそりと翁屋を出た。

仲《なか》の町《ちょう》で「俄」が始まったらしい。そこからあぶれた見物客が、江戸町一丁目の表通りにまで溢れていた。澪は翁屋の隣り、巽屋《たつみや》の前で立ち止まったまま動かずにいた。

巽屋は、若旦那の佐兵衛失踪《しっそう》に絡む因縁《いんねん》の遊廓だ。ここに居た松葉という遊女が、見世を移り、名を変えて今も生きている。どの見世に、何という名で出ているのか、知っているはずの又次はしかし教えてはくれない。

そのことを恨めしく思ったこともあったが、今日、翁屋に身を置いて「吉原には吉原の規《のり》」という言葉の重さを実感した澪である。又次を頼らず、自身で何とかせねば。思い余って、澪は紅殻《べんがら》格子に近付いた。張見世に並んでいた白無垢《しろむく》姿の遊女たちが、おや、と軽く目を見張る。

「おいおい、女が女を買うのかよ」

見物客のひとりが素っ頓狂な声を上げ、どっと笑いが渦を巻いた。格子の奥、一番年嵩《としかさ》に見える遊女が澪に近付いて、すっと目を細める。手にした長煙管に火を点《つ》けて吸い、それを格子の隙間から澪に差し出した。おおっ、と周囲がどよめく。

戸惑い、煙管を眺めている澪に、吸って返すのが礼儀だぜ、と野次が飛んだ。恐る恐る受け取って、紅で染まった吸口に唇を付ける。

すっと吸い込んだ途端、喉の奥が焼けそうになり、げほげほと激しく咳《せ》き込《こ》んだ。途端、男たちが腹を抱えて笑い転げる。格子の中の遊女たちも肩を揺らして笑った。

「教えてください」

格子から煙管を求めて差し伸べられた手の主に、澪はむせながら言った。

「前にここに居た、松葉というひとのことを」

ぎょっと目を剝くと、女は怯えたように澪を見た。どんなことでも良いんです、教えてください、と格子に縋《すが》る澪の襟《えり》を後ろから摑んだ者が居る。

「おい、いつまで格子に食らいついてる。良い加減にしな」

強い力で引き戻されて、澪はよろめいた。片目の潰《つぶ》れた男が険しい顔で睨んでいる。澪は、あっ、と声を上げそうになるのを既《すんで》のところで堪えた。花見の時に、澪に絡んで来た男だった。澪の下がり眉を見て、おっ、という表情を見せたが、思い出せないらしい。

力が緩んだのを幸い、澪は男の手を振りきって、人波に飛び込んだ。

何とか仲の町まで辿り着き、心を残しながらもそのまま大門《おおもん》を出ようとした。最後にもう一度、と思い、後ろを振り返る。

仲の町の真ん中を、芸者たちが火消し装束《しょうぞく》に身を包み、練り歩いている。吉原名物の「俄」行列だ。その奥に舞台が見える。そう言えば、去年はあの辺りで白狐の舞いを見たのだ。先の菊乃の装束を重ねて、懐かしく思う。

る。
——あちきは菊乃と申しんす。よっく覚えておいておくんなんし
何だろう、何か大切なことを忘れているような……。
菊乃の言葉と、その訴えるような眼差しを思い返しながら、記憶の糸を手繰《たぐ》り寄せ
——俺が駆けつけた時にはもう、右腕のこの辺りを、斬《き》られちまっていた
又次の声が耳の奥に残る。
そうだ、あの時、又次はこう話していたのだ。翁屋の抱え遊女が客に斬りつけられ、
それをあさひ太夫が身を呈《てい》して守ったのだ、と。
はっと澪は息を飲む。そうだ、あさひ太夫が守り抜いた遊女の名が、確か菊乃だ。
——この先の西河岸のお稲荷さんを皆で冷やかしに行くのでありんすよ
あれは。あの言葉は。
「痛ぇな、何しやがる」
突き当たられた男が、罵声を浴びせている。それにも気付かずに、澪は人波を搔き
分けて仲の町から江戸町へと来た道を戻った。
「西河岸というのは何処ですか」
悲鳴に近い声で、手当たり次第に尋ねるが、誰も答えてくれない。泣きそうになり

ながら、とにかく西へ、西へと無理にもひとを分けて進む。

「西河岸なら、このまま真っ直ぐ行ったところだ」

澪の取り乱した様子を気の毒に思ったのか、群れの間から、紹の袖をたくし上げた中年男が指を差してみせた。

「板塀に沿って続いてらぁ。手前とどんつきの両側にお稲荷さんがあるのが目印よ」

ありがとうございます、と澪は顔をくしゃくしゃにして礼を言った。

江戸町一丁目の表通りを真っ直ぐ、難儀しながら進むと、遂《つい》に広い通りに出た。片側を黒い板塀が真っ直ぐに貫き、それに沿って視界が開けている。澪は、通り半ばに立って、周囲を見回した。

河岸見世、と呼ばれる狭い間口《まぐち》の如何にも安普請《やすぶしん》の妓楼が立ち並んでいる。すえた溝《どぶ》の臭《にお》いが漂う中、懐の寒そうな男を、客引きが呼び留める。薄汚れた布を頭から被《かぶ》った遊女が、表を気にして出たり入ったりを繰り返す。紋日であるにもかかわらず、仲の町や江戸町の絢爛《けんらん》とは無縁の世界がそこに広がっていた。

稲荷の社《やしろ》は、と見れば、教わった通り、手前にひとつ、どんつきにひとつ。ともに朱塗りの明神鳥居で、揃いの赤い幟《のぼり》がはためいている。翁屋の「俄」行列が来るのはどちらの稲荷だろう。澪は迷いに迷って、文字通り右往左往した。離れている間に、反対側の稲荷に来たら。そう思うとうろたえて、挙句、転んで強か《したた》膝を打った。

落ち着こう。膝をさすりながら、自身に言って聞かせる。翁屋の「俄」行列なら、見物客も大喜びだろう。長い距離を移動すれば混乱も起きる。澪の視線が近い方の榎《えの》本《もと》稲荷の祠を捉えた。据えられた一対の神狐が、揃ってこちらを見ていた。


地面に出来た影の位置が少しずつずれていく。澪は辛抱強く、榎本稲荷の神狐の足もとに蹲《うずくま》って、ひたすらに待った。待って、待って、ふと目を天に向けると、西の空に微《かす》かに夕暮れの兆《きざ》しがあった。日が落ちれば、吉原はもっと混《こ》み合い、大門を出るにも難儀するだろう。何より、源斉や芳たちに心配をかける。

澪は諦《あきら》めて、ゆっくりと膝を伸ばした。菊乃の言葉を深読みし過ぎたのだ。肩を落とし、帰ろうとしたその時。

江戸町一丁目の表通りから、どっと歓声が上がる。耳を澄ませると、賑やかな三味《しゃみ》線《せん》や鼓《つづみ》の音が聞こえた。澪ははっと社から離れて通りに出た。奥まで見渡せるように、思いきり背伸びをする。

「白狐だ、白狐の『俄』行列だ」

誰かが叫び、飛び跳ねている。目を凝らすと、通行人が道を譲ったその真ん中を、白装束に白狐の面を被った行列が、こちらへ向かって来るのが見えた。三味線や鼓を手にしたその数、ざっと三十人近く。予想外の多さだった。

あの中に、もしや。

澪は不安と期待できりきりと痛み出した胸を押さえて、吸い寄せられるように行列に歩み寄る。

「お狐《きつね》さあん」

見物客の中に混じっていた幇間《ほうかん》が、呼び声を節《ふし》に載せた。すると白狐たちは一斉に、

「こおん、こん」

と答えて、愛らしく踊ってみせる。吉原らしい粋《いき》な趣向が、見物客をわくわくさせた。

「お狐さあん」

幇間に煽《あお》られて見物客が声を揃えると、群れの先頭で踊っていた白狐が、こおん、こん、と応えて、面を外す。その顔を見て、澪は息を止める。菊乃だったのだ。

菊乃はおどけた仕草で澪に近づき、その手を取ると、群れの中へと導いていく。それを合図に澪の周囲を白狐の群れが取り巻いた。まるで見物客の視線から澪を守るように、幾重《いくえ》にも、幾重にも。

何だ何だ、と奇異に思った客たちが上げる声も、三味線と鼓の音に掻き消される。群れの真ん中で棒立ちになる澪に、ひとりの白狐が近づく。それを認めて、菊乃がさっと澪から離れた。

澪ちゃん。

澪を呼ぶ、その声。耳に残る幼い声とは違う。なのに、切なくなるほどに懐かしく感じる。澪は奥歯を嚙みしめて涙を堪える。

白狐は被っていた面を少しだけずらした。切れ長の美しい目が笑っている。漆《うるし》を刷《は》いたように潤んだ黒い瞳。

ああ、やっぱり野江ちゃんや。そう言ったつもりが声にならない。涙が双眸から噴き出して、澪は堪らず野江に縋った。

脳裏に、あの夏の大坂の光景が蘇る。ともに渡った天神橋。新町、花の井。東横堀川に刻まれる水紋。幸福な情景の中で、幼い野江と澪とが笑っている。

逢いたかった、ずっと逢いたかった。ずっとずっと、逢いたくて、逢いたくて。

野江ちゃん。

そう呼びかける澪の声も、三味線と鼓の音に掻き消されていく。野江がそっと澪の手を解き、身を引いた。それを合図に、ふたりを守るように取り巻いていた白狐たちが次々と間に割り込んでくる。野江を求める澪の手が虚しく空を泳ぐ。その刹那《せつな》、野江が手を伸ばして澪の左手を取り、何かを握らせた。

白狐の群れは、澪をその場にひとり残すと、榎本稲荷の前で折り返す。そうして再び歓声の中を翁屋への道を辿る。玉響《たまゆら》と呼ぶのが相応しい、短く淡い再会だった。

静寂が戻り、澪は夢現《ゆめうつつ》のまま、そっと左の手を開いた。

「ああ」

掌に握りしめていたものに目を留めて、澪は、声を洩らした。角の取れた優しい三角の形、表面に浮き出た美しい縞模様《しまもよう》。又次に渡した蛤《はまぐり》の、その片貝だった。

頭上を赤とんぼの群れが行き交い、夕映《ゆうば》えが周辺を紅に染めている。澪は、一瞬、自身が何処にいるのかわからず、立ち止まって周囲を見回した。

振り向けば、背後に一本の道。右手奥に広がるのは吉原遊里だ。ひとり、大門を抜けて衣紋坂を上ったはずなのに、覚えがなかった。

野江との再会も、もしや夢ではなかったのか。怯えながら、そっと左の掌を開く。

美しい縞目の片貝がちゃんとそこにあった。

ころんと裏を返すと、ただただ真っ白で、金箔も、彩り豊かな絵もない。しかしその純白が澪の目に沁みた。野江ちゃん、と小さく呼んで、貝を包んだ手を胸に当てる。遠い日に遊んだ、貝合わせ。あの頃のように、澪の持つ片貝と、野江の片貝とを合わせて一対にする日がきっと来る。

いつの日か、吉原を出て、ふたり逢う日がきっと——そんな野江の切なる願いが、澪の胸に響く。

目を転じると、天には潤朱色《うるみしゅいろ》に染まった雲がふたつ、寄り添うように浮いていた。

ふと、源斉の言葉を思い出す。

——遠く離れて生きる友ふたり。片や、春に芽吹く樹を眺めて相手を想い、片や、日暮れの雲を見て相手を想う

眼下、遊里にぽつぽつと灯《ひ》が入り始めた。

あの何処かに野江が居て、同じ雲を見上げているのか。

彼方《かなた》から、澪の名を呼ぶ野江の声が、確かに耳に届いた。

花一輪——ふわり菊花《きつか》雪《ゆき》

鍋《なべ》の底で、南瓜《かぼちゃ》の種が爆《は》ぜている。

太一《たいち》がびくりと身を縮《ちぢ》め、澪《みお》の後ろに隠れた。うふふ、と笑いながら澪は優しく鍋を揺すり、爆ぜた種をひとつ摘《つ》まむ。

「太一ちゃん、ほら」

熱いのを我慢して殻《から》を割り、少し待って冷《さ》めた中身を太一の口に入れてやる。こりこりと良い音を立てて、太一は夢中で食べた。

「澪ちゃん、唐茄子《とうなす》の種を煎《い》ったのかい？」

洗濯物を広げていたおりょうが、どれどれ、と鍋を覗《のぞ》き込んだ。ひとつもらうよ、と熱いのを摘まむと、そのまま口に放《ほう》り込んで、器用に歯で殻を剝《む》く。

「どうしてだろうねえ、あたしが作っても、こうは美味《おい》しくならないんだよ」

首を傾《かし》げるおりょうに、棒手振《ぼてふ》りから豆腐を買うために集まっていたおかみさんたちから声が飛ぶ。

「おりょうさんだけじゃないよ。澪ちゃんより上手に作れる者なんざそう居ないさ」

「そうとも。澪ちゃんのは銭《ぜに》が取れるよ」

何か特別な工夫でもあるのかい、と問われて、澪は、思案顔になった。

「工夫と言えるかどうか。ただ、種に残ったわたを塩水の中で綺麗《きれい》にこそげ落とすこと、七日ほど天日《てんぴ》に干して、充分に乾かしてから煎ることくらいかしら」

「えらく手間をかけるんだねぇ」

「いえ、手間をかけてくれているのは、私じゃなくて太一ちゃんなんです」

天日干しの間、風や雨に気をつけねばならないのは勿論《もちろん》、南瓜の種は烏《からす》や椋鳥《むくどり》の好物でもある。油断していると食い散らされてしまうのを、澪の留守中、太一が目を光らせてくれているのだ。澪は改めて太一に感謝の眼差《まなざ》しを向けて、その柔らかな頬《ほお》を撫《な》でた。

「ああ、そう言えば」

澪と太一の様子を目を細めて眺めていたおりょうが、思い出したように口を開いた。

「うちのひとが言ってたけど、八《や》ッ小路《こうじ》に新しく出来た煮売り居酒屋が、女の料理人を使ってるってさ」

まあ、と澪が目を剝いたのを見て、おりょうは、驚くよねぇ、と頷《うなず》いてみせた。

「女の料理人だなんて、そうは聞かないからねぇ。ちょいとびっくりしたのさ」

「流行《はや》ってるんですか？　そのお店」

「物珍しさもあるんだろうね、結構、ひとが入ってるそうだよ」

女が板場に立つことを嫌《いや》がる料理人は多い。また、翁屋《おきなや》の伝右衛門《でんえもん》が当初そうだったように、客としての立場で女の料理人を認めない者もいる。女の作るものはあくまでも家庭の賄《まかな》いであって、それで銭を取るなどとんでもない、とするのがむしろ世の常なのだ。

そんな現状の中で、女の料理人が現れた、ということが澪にはとても好ましく、心丈夫だった。

そう言やぁ、と種市《たねいち》が味見の手を止めて、思い出したように呟《つぶや》いた。

「この間、湯ぅ行った時に、俺《おれ》もそんな話を耳にしちゃあいるよ。けど、場所は八ッ小路じゃあなかったぜ」

福井町と聞いたんだが、と首を捻《ひね》る店主に、

「それなら、女料理人と呼ばれるひとが少なくともふたり、現れたことになりますよね」

と澪は口もとを緩《ゆる》めてみせる。

料理は力仕事の部分も否《いな》めない。ことに料理屋では大きくて重い鍋や釜《かま》を扱うから、非力なものには向かない。終日の調理には体力が要《い》るし、水を触《さわ》り続けるから身体《からだ》も冷える。それを押してまで料理人であろうとする女性が居ることが、澪には嬉《うれ》しくてならなかった。

そんな会話を交わした、数日後のこと。

「まずは水だ。水をくれ」

時分時《じぶんどき》を過ぎ、客足の途切れたつる家《や》の入れ込み座敷に、清右衛門《せいえもん》の苛立《いらだ》った声が響き渡った。調理場に居た種市が、水を汲《く》んだ茶碗《ちゃわん》を手に、縺《もつ》れる足で奥の席へと向かう。何事かと心配になって、澪も調理場から覗いた。

気難しい戯作者《げさくしゃ》は店主が運んで来た茶碗を手に、半分零《こぼ》れておる、と怒りながらもぐびぐびと飲み干す。

「まだ足りぬ。ついでに坂村堂《さかむらどう》の分も持って来い」

慌《あわ》てる澪を制して、芳《よし》が盆に茶碗をふたつ並べて座敷へと運んだ。

「酷《ひど》い目に遭《あ》いました」

空になった茶碗を芳に戻しながら、珍しく渋い表情の坂村堂である。

「女料理人の店が下谷《したや》車坂町に出来た、と聞きましてね。清右衛門先生と、昼餉《ひるげ》を食べに出かけたのですよ」

蛸《たこ》と胡瓜《きゆうり》の酢の物に、叩《たた》き胡瓜、白飯に豆腐の汁が膳《ぜん》に載って運ばれて来た。明らかにつる家名物の「ありえねぇ」と「忍び瓜《うり》」とを真似《まね》たものだが、皮の黄ばんだ胡瓜が何故《なぜ》か途轍《とてつ》もなく青臭《あおくさ》い。飯はべちゃべちゃ。豆腐はあまりに大き過ぎ、汁というより煮奴《にやつこ》の風情だった、という。

「おまけにどの料理にも白粉《おしろい》の匂《にお》いが移っていましてねぇ。あまりの不味《まず》さに先生はお膳を引っ繰り返し、支払いも忘れて店を出てしまわれた」

坂村堂は一気に話すと、しょぼしょぼと髭《ひげ》を触った。まあ、と芳が如何《いか》にも気の毒そうに眉《まゆ》を顰《ひそ》める。

「そないな料理で商いを……。それでその店はなんぼの値ぇをつけてはるんだす？」

「ふん、聞いて肝《きも》を潰《つぶ》すなよ」

戯作者が版元を押し退《の》けて、開いた右手に、左手の指を三本添《そ》えてみせた。

「八十文だ。一人前が八十文」

「そ、そいつぁ高い。べらぼうだ」

脇《わき》に控えていた種市が、目を回している。

主だったお菜を欠く献立《こんだて》、それでいてつる家の倍以上の値がついているのだ。

「そのお店は」

調理場を飛び出して、澪は坂村堂に迫った。

「お店は八ツ小路ですか、それとも福井町？」

「下谷車坂町、と坂村堂が最初に言っておるぞ。この粗忽者《そこつもの》が」

それよりさっさと飯を持って来い、と清右衛門は頭から湯気を立てんばかりの怒りようだ。澪はぎゅっと身を竦《すく》めると、持ち場へと引き返した。

太った茄子を胡麻油《ごまあぶら》でじわじわと焼いて、甘辛《あまから》い味噌《みそ》を塗る。鰯《いわし》はあっさりと塩焼き。汁の代わりに枝豆の東煮《あずまに》を添えた。出来上がった料理を装《よそ》いながら、あれこれと思案する。

女料理人が調理場に立つ店が三軒。うち、清右衛門たちの行った店は、およそ本職の料理人の仕事とは思えない。これは一体、どういうことだろうか、と首を捻るも答えは出なかった。

「うむ、これは素晴らしく旨《うま》い」

茄子を食べた清右衛門が、ひと言。その声に、つる家の面々が互いの顔を見合わせる。へそ曲がりの戯作者が澪の料理をあからさまに褒《ほ》めるのは、滅多にないことだった。だが、すぐさま、ふん、と鼻を鳴らして、

「先のがあまりに酷かったから、やけに旨く感じるだけだ」

と憎まれ口も忘れない。

坂村堂はと見ると、箸《はし》に手をかけたまま、何やら考え込んでいる。常ならば清右衛門よりも先に箸をつけ、幸せそうに食べる坂村堂なのだ。心配顔で見ている澪に気付いたのか、こほん、と軽く咳払《せきばら》いをして、実は気がかりなのです、と口火を切った。

「今日の店を含めて、巷《ちまた》には女料理人を客寄せに使う店がいくつか。これは今までになかったことです」

版元が何を気にしているのか、店の誰《だれ》にもわからない。そのために種市が坂村堂の方へ身を乗り出して、尋ねた。

「そいつぁ一体、どういうことで?」

「つる家さんは昨年の料理番付で初星を取られましたよね? そして流行《はや》っている。あやかりたい、と思う店は少なくはないでしょう」

あやかりたい、と繰り返して、澪は嫌な予感に顔を曇らせる。思えば昨年、はてなの飯を売り出して、すぐに真似された。この江戸の至るところで、およそ料理と呼ぶに相応《ふさわ》しくないものが、はてなの飯として売られたのだ。ということは今度は……。

坂村堂は、気の毒そうに澪を見た。

「下谷車坂町のその店の名は『つるの屋』。福井町や八ッ小路の方も、おそらく似た名前でしょう」

「なんて恥知らずな」

おりょうが呻《うめ》いて、拳《こぶし》で畳《たたみ》を叩く。

「そんな紛《まが》い物をのさばらせたとあっちゃあ、江戸っ子の恥だよ。行ってとっちめてやる」

今にも飛び出して行きそうなおりょうを、芳が止めた。

「真似たい者には真似させてやったら宜《よろ》しおます。真似は所詮《しょせん》真似だすよって」

それまで底意地の悪い笑みを浮かべていた戯作者は、ほう、と芳を見た。

「やりたい放題させておく、と言うのか。庇《ひさし》を貸して母屋《おもや》を取られることになりかねぬぞ」

芳は穏やかに微笑《ほほえ》みを返しただけで、何も言葉を足さなかった。口に出さずとも、澪の作る料理に絶対の自信を持っていることが、居合わせた者すべてに伝わった。

「なるほど、ご寮《りょん》さんの言う通りだ。烏がどんなに白粉《おしろい》を塗ったところで、鶴《つる》にはなれないってことさね」

種市が感心したように首を振ってみせた。

つる家では、旬《しゅん》の移ろいに従って、蛸と胡瓜の酢の物の「ありえねぇ」と、叩き胡瓜の「忍び瓜」を献立から消した。惜しむ声も多かったが、季節は、これから実りの秋。夏の食材に拘《こだわ》らずとも、次々と美味しいものが登場するのだ。里芋も茸《きのこ》も、じきに走りから旬へと移り、今は少し値の張る秋刀魚《さんま》も、当たり前のようにお客に供《きょう》せるようになる。秋の献立を考えるだけで、胸が躍《おど》る思いだった。

暖簾《のれん》を下ろしたあと、明日の献立の試作を兼ねて、店主の酒の肴《さかな》を作る。長芋は皮を剝き、厚めの輪切り。両面に軽く片栗粉を叩《はた》いておいた。

「おいおい、お澪坊、長芋をどうしようってんだ」

鍋に薄く胡麻油を引き、長芋を並べるのを見て、種市は首を捻った。長芋は、擂《す》りおろすか、短冊《たんざく》に切るか、あるいは潰《つぶ》すかして使うものと相場は決まっているのだ。

澪は、うふふ、と笑いながら、じっくりと長芋に火が通るのを待つ。上下を返し、頃合《ころあ》いを見計らって、鍋肌から醬油《しょうゆ》を回しかけると、じゅっという音とともに焦《こ》げた醬油の香《こう》ばしい匂いが調理場中に舞った。

「こ、こいつぁ匂いだけで、もういけねぇ」

平皿に取り、卸《おろ》し山葵《わさび》を添えて差し出されたものを、種市は大きな口で頰張《ほおば》った。

あまりの熱さに口の中を火傷《やけど》したのだろう、熱い、けど旨い、と身を捩《よじ》る。

「ええ匂いだすなあ」

座敷の片づけを終えた芳とふきとが調理場に戻って、すんすん、と匂いを嗅《か》いだ。

おい、つる家、と表で誰かが怒鳴っている。

「そんな良い匂いさせやがって、まだやってんだろ。だったら暖簾を出しやがれ。こちとら腹が減って我慢がなんねぇ」

ひゃあ、と種市は思わず首を竦め、澪は澪で慌てて勝手口の戸を閉めた。

醤油の芳《かぐわ》しい香りはなかなか去らず、表通りを行く者の鼻へと吸い込まれる。十五夜を明日に控え、夜歩きする者が多いのだろう、そのあとも、まだやってるのか、と幾度も声がかかった。


野の草が露《つゆ》を抱いている。

澪は着物の裾《すそ》が濡《ぬ》れるのも気にせずに、草を分けてさらに奥へと踏み込んだ。銀の穂を朝日に輝かせながら、薄《すすき》が風に揺れている。

「少しだけ、分けてくださいな」

澪はそう声をかけて、薄の茎に手を伸ばした。

今宵《こよい》は十五夜。

富める者は豪勢に、倹《つま》しい暮らし向きの者は慎《つつ》ましく、それぞれが身の丈《たけ》に応じた月見を楽しむのだが、薄だけはともに欠かせない。つる家の周辺でも、人目について刈《か》り易い場所の薄は、既に取られてしまったあとだった。

「ここを思い出して、本当に良かったわ」

澪は束ねた薄を手に、頰を緩めた。

神田御台所町《おだいどころまち》。もとのつる家のあった場所の近くに細長い空き地があり、そこに昨秋、薄が群れていたのを思い出したのである。そう言えば、元飯田町《もといいだ》へ移ってからは一度もここに足を運んでいなかった、と澪は妙に懐《なつ》かしくなって周囲を見回した。初午《はつうま》以来だから、さほど大きな変化はない。

つる家の跡地はどうなったのかしら。

そんな好奇心から、澪は角を曲がって、つる家のあった場所に足を向けた。付け火のあと、更地《さらち》になっていた所に、真新しい店が建っている。何のお店かしら、と澪は浮き立つ足でその前に立った。

「…………」

掛け看板を見た途端、澪は我が目を疑った。

　そこには「つる家」の文字があったのだ。店開けにはまだ大分と時間があるようだが、表まで鰹出汁《かつおだし》の香りが漂っていた。つまり、ここは、「つる家」という料理屋なのだ。

　そんな馬鹿な。

　呆然《ぼうぜん》としたのは、ほんの少しの間。次の瞬間、ふつふつと怒りが込み上げて来た。料理番付に載ったのは「神田御台所町つる家」だった。これでは、この店がまさに料理番付に載った「つる家」と誤解されても仕方がない。

　その時、奥の方で戸の開く音と、水を使う音が聞こえた。覗き見れば、井戸端に男が蹲《うずくま》って米を研《と》いでいる。澪は駆け寄って、男に怒鳴った。

「あの店はどういうことですか」

　米を研ぐ手を止めて、男がひょいと澪を見上げる。その顔を見て、澪は息を飲んだ。ふきのことで日本橋登龍楼《とりゅうろう》へ乗り込んだことがあったが、その時、ふきを酷い目に遭わせていた板長、末松《すえまつ》だったのだ。

　末松もまた、澪のことを認めたのだろう。眉根を寄せ、釜を抱えてゆっくりと立ち上がった。そして黙ったまま、勝手口から中へ入ろうとした。そうはさせまい、と澪は身体《からだ》を滑らせて戸口の前へ立ちはだかる。

「つる家は私たちの店の名です。こんな勝手な真似をして、恥を知りなさい」

「恥？」

男は口を歪《ゆが》めて、嘲《あざけ》った。

「つる家って屋号は手前んとこだけのもんか？　だったら伊勢屋はどうなる？　江戸中にあるだろうが」

そこを退《ど》け、と吐き捨てられても、澪は両の腕《かいな》を広げたまま動かない。

「この場所で『つる家』を名乗る、いうんは人の褌《ふんどし》で相撲《すもう》を取る、いうことや。そんな卑劣な真似、許される道理がない」

上方訛《かみがたなま》りになっていることも気付かぬまま、澪は捲《まく》し立てる。

「ここを『つる家』と勘違いして、暖簾を潜《くぐ》りはるお客さんに申し訳が立たへん。第一、そんなさもしい気持ちで包丁を握られるんは、同じ料理人として恥ずかしい」

いきなり胸倉《むなぐら》を摑《つか》まれて、澪の足が地面から離れた。そしてそのまま、勢いをつけて後方へ投げ飛ばされ、澪は強《したた》かに腰を打った。

「何が『同じ料理人』だ、女のくせに料理人気取りか。手前のせいでこっちは……」

末松の声が怒りで震えている。登龍楼を追われた恨みか、双眸《そうぼう》が煮え滾《たぎ》るようだった。腰の痛みで声も出ない澪に、

「しかし、手前のおかげでこっちも腹が据《す》わった。これからはとろとろ茶碗蒸《ちゃわんむ》しで、せいぜい稼がせてもらうからな」

と言い捨てると、ぴしゃりと音を立てて勝手口を閉めた。澪は無理にも立ち上がり、板戸をがんがんと叩く。卑怯者《ひきょうもの》、卑怯者、と声を嗄《か》らして叫べども、戸が開くことはなかった。

つる家、という屋号に込めた種市の想《おも》い。それが冒瀆《ぼうとく》されたのだ。悔しくて、悔しくて、勝手に目尻《めじり》から涙が零れ落ちる。昌平橋《しょうへいばし》の袂《たもと》まで辿《たど》り着いた時、ふいに背後から肩を摑まれた。ぎくりと身を固くする澪の顔を、伊佐三《いさぞう》が、心配そうに覗いていた。

「さっきからずっと呼んでいたんだが」

澪の涙に気付いただろうが、伊佐三はそれには触れずに、足をどうした、と尋ねる。

「酷く引き摺《ず》ってたから、気になって」

言われて初めて、澪は足首の激痛に気付いた。末松に投げ飛ばされて、立ち上がる際に変に捻《ね》じった覚えがあった。伊佐三は地面に片膝《かたひざ》をつくと、澪の右足をそこへ置かせた。

「こいつぁ酷ぇ」

腰から手拭《てぬぐ》いを抜いて、澪の足首を縛る。

手当てを終えると、伊佐三は澪に背中を向けて、負《お》ぶさるように命じた。

「幸い、骨は折れていないようです」

つる家の内所《ないしょ》。丁寧《ていねい》に澪の右足首を診《み》ていた源斉《げんさい》の言葉に、全員がほっと息を吐く。

「けど、お前さんも気が利かないったら。昌平橋なら源斉先生の家の方が近いのに」

おりょうが亭主の伊佐三にそう零すと、澪は慌てて弁明した。

「私がお願いしたんです。仕込みが間に合わないからって」

源斉先生にはご迷惑をかけることになってしまって、と澪はしょんぼりと肩を落とした。

「お澪坊の一途《いちず》なのは前から知っちゃあいるが、時と場合によるぜ」

首を振り振り、店主は続ける。

「二、三日は養生した方が良い。その間、店は閉めりゃあ良いからよ」

「駄目です」

知らず知らず、大きな声になっていた。

「どないしたんや、澪。そないに大きい声で」

芳に窘《たしな》められて、澪は済みません、と俯《うつむ》いた。店を休めばその間に神田御台所町の方へお客を取られるかも知れない、あんな卑劣な奴の店に。そう思うと悔しさが込み上げて、奥歯を噛《か》みしめても涙が滲《にじ》んだ。澪姉さん、とふきが心配そうに澪の顔を覗き込む。種市もまた、澪の肩に手を置いて優しく言った。

「お澪坊、転んで足を挫《くじ》いた、ってなぁ嘘《うそ》なんだろ？　何があったのか、話してくんな。そうそうひとりで抱え込まれちゃあ、俺ぁ立つ瀬がねぇぜ」

「そいつぁ、俺から話そう」

黙り込む澪を見かねて、伊佐三が思いきったように口を開いた。本人から口止めされてたんだが、と前置きの上で神田御台所町に出来た店のことを淡々と伝える。伊佐三の話に耳を傾けるうち、一同の顔色が変わった。

種市が真っ青になって、握った拳を震わせている。ようも澪をこないな目ぇに、と芳が呻くように洩《も》らした。

「許せない、あたしゃ許さないよ」

立ち上がって出て行こうとするおりょうを、伊佐三は、良いから落ち着け、と抱き留める。

「お前さん、放しとくれ」

「手前はすぐにそうやって頭に血が上る。少しは頭を冷やしやがれ」

無理にも女房を座らせると、伊佐三は皆と対峙《たいじ》するように澪の脇に座った。

「大事な娘の名前を汚《けが》された親父《おやじ》さん、娘とも思う澪ちゃんを傷つけられたご寮さん、それにおりょう。事が知れりゃあ、誰もが辛《つれ》ぇ思いをする。否、それぱかりじゃねぇ、もし相手の店に乗り込んでって怪我でもしたら。澪ちゃんは、だから話せなかったんだ。その気持ちを汲《く》んで、短気は堪《こら》えてくんな」

普段は無口な伊佐三が、澪のために必死になっている。その真摯《しんし》な表情と、先ほどから俯いて必死で涙を堪えている澪の姿とが、三人の荒《あら》ぶる気持ちを徐々に鎮めていった。

「お澪坊、辛ぇ思いをさせちまったなぁ。俺ぁ大丈夫だぜ」

種市が無理にも笑い、芳も頷いてみせた。

「お前さん、うちじゃあ全然喋《しゃべ》らないのに、よくまあ口の回ること」

あたしゃ惚《ほ》れなおしたよ、とおりょうが伊佐三ににじり寄る。漸《ようや》くその場が和《やわ》らいだ時に、それまで黙っていた源斉が口を開いた。

「神田御台所町の店が、料理番付に載ったつる家ではない、というのは、はっきりさせておいた方が良いと思います。読売を使ってはどうでしょうか」

巷《ちまた》の出来事を一枚刷りに載せ、巧みな口上《こうじょう》で売り歩く読売。そこに事の次第を書いてもらうのはどうか、というのだ。

さあ、それは、と芳が迷いながら首を振る。

「読売かて商いだす、私らには一大事でも、向こうからしたら、何ぞ大きな事件でも起こらん限り、取るに足らん、詰まらん話だすやろ。それでも載せてもらうには、ある程度、まとまったお銭《あし》が必要になるんと違いますか」

確かに、と伊佐三が渋い顔で頷いた。

「吹っかけられるのは目に見えてるぜ」

結局、何も良い知恵が浮かばないまま、つる家はその日、一刻《いっとき》（約二時間）ほど遅れて暖簾を出した。暫《しばら》くは歩き回らない、無理をしない、という条件で調理場に立つことを許されて、澪は、無心に包丁を握るのだった。


「お澪坊には気の毒だが」

暖簾を終《しま》ったあと、店の表に床几《しょうぎ》を運びながら、種市が朗《ほが》らかに笑ってみせる。

「ご寮さんとふたり、つる家に泊まり込んでくれることになったから、こうして皆で月見が出来るってもんよ」

店主の言葉に、団子を積み上げた皿を手にしたふきが、嬉しそうに頷いた。

俎橋《まないたばし》の方角から上った月が、周辺の武家屋敷の瓦屋根《かわらやね》を煌々《こうこう》と照らしている。九《く》段《だん》坂へと続く表通りも、蒼《あお》い月の光で掃き清められたようだった。店主の好きな熱燗《あつかん》を用意しようとする澪と芳とを床几に座らせて、種市とふきとがささやかな月見の宴《うたげ》を整えた。

店主は盃《さかずき》、奉公人は湯飲み茶碗を手に、うっとりと月を眺める。

「お天道《てんとう》さまの温かさも良いが、月ってのもまた良いねぇ」

種市の言葉に、へえ、と芳が頷く。

「お天道《ひい》さんには励ましてもらい、お月さんには慰《なぐさ》めてもろてる気ぃがします」

思えば酷い一日だった。そして事態はさらに悪い方に向かうようにも思われる。それでも、こうして互いを大切に思い合う者同士で眺める月は、切ないほどに美しい。

「登龍楼の手先だった野郎がどれほど汚《きたね》ぇ手を使ったとしても」

種市が盃を持つ手を膝に置いて、つくづくと言った。

「俺ぁ、『料理は料理人の器量次第』ってことを教えてくれたご寮さんの、その言葉を信じるぜ。なぁに、お客だって、きっとわかってくれる」

店主の言葉に、奉公人三人は、黙って深く頷いてみせた。と、その時。

「何だ何だ、今日は揃《そろ》って月見か」

九段坂を下りて来る足音とともに、そう声をかける者があった。月下、両の手を袷《あわせ》の袂に突っ込んで、懐寒そうに歩いて来る男の姿が見えた。はっ、と立ち上がった拍《ひょう》子《し》に足首に激痛が走り、澪は思わず前屈《まえかが》みになった。

「こいつぁ、たまげた。小松原《こまつばら》の旦那《だんな》だ」

種市が嬉しそうに声を上げ、さあさあ、と自分から男を迎えに行く。芳とふきも床几から立ち上がり、男に席を譲《ゆず》った。

「今すぐ熱いのを持って参りやす」

澪を制して、種市はいそいそと店の中へ向かう。その背中へ、床几をもうひとつ頼む、と小松原の声がかかる。

「いえ、私らはもう」

芳は、傍《かたわ》らのふきの肩を抱き寄せた。

「この子にあまり夜更《よふ》かしをさせとうおまへんよって、お先に失礼します」

あとを澪に託し、芳はふきを連れて中へ戻る。途端、心細くなって、澪は床几の脇に萎《しお》れたように立ちつくした。小松原は、晒《さら》しを巻かれた娘の足首に目を留めた。

「どうしたのだ、その足」

「うっかり捻じってしまって……」

澪の返答に、小松原は腰を浮かせて床几の端に移った。良いから座れ、と眼差しが言っている。

「お澪坊、遠慮なく座らせてもらいな」

熱いちろりを手に現れた種市が、小松原の隣りを指し示す。仕方なく澪は反対側の端に浅く腰をかけた。種市が小松原の盃に酒を注《つ》ぐ。なみなみと酒の注がれた盃を手に、小松原は種市を見た。自分にも早く酒を勧めてくれ、と言わんばかりの顔で立っている店主に、しかし小松原はぞんざいな口調でこう言った。

「親父、済まんが席を外してくれ。今宵《こよい》は、この下がり眉を口説《くど》きたいのだ」

途端に種市はぎょっと目を剝き、澪は床几から転げ落ちそうになった。

「だだ旦那、そいつぁ駄目だ。いくら小松原の旦那でも許すわけにはいかねぇよ」

澪を庇《かば》い、床几の真ん中にどっかと座り込むと、種市は険しい顔で侍を睨《にら》む。

「真《ま》に受ける馬鹿《ばか》がいるか。冗談だ」

苦い顔で盃を干すと、ともかくふたりにしてくれ、と平らな声で言った。渋々、種市が引っ込むと、小松原は、あらぬ方を向いている娘を見て、くすりと鼻を鳴らした。

「その怪我は、神田御台所町に新しく出来た店と、何か関《かか》わりがあるのか」

「ど、どうしてそれを」

澪は身体を捻じらせて、床几に両の手をつくと、驚愕《きょうがく》した面持《おもも》ちのまま小松原を見た。いや、何、と男はにやにや笑いながら、ちろりの酒を自分で盃に注ぐ。

「前にも登龍楼に乗り込んだことのある、お前さんのことだ。今度も馬鹿な真似をしたのではないか、と思うたまでのこと」

言い当てられて、澪は肩を落とす。先を促すような男の視線に、ぼそぼそと今日の出来事を順を追って話した。ひと通り話し終えて、上目遣《うわめづか》いに小松原を見ると、珍しく眉根を寄せて考え込んでいる。ちろりの酒が冷めるのが気になり、新しいのを用意しようか、と腰を浮かせかかった。

「まだ気付いておらんのだな」

呟きにも似た声だった。澪は座り直して、小松原に問うた。

「誰が何に気付いていないのですか？」

「向こうは登龍楼を追われた恨みもあってのこと。料理番付に載った『つる家』になりすまし、徹底的に客の取り込みを図るつもりだ。茶碗蒸しを真似るだけではなかろう」

男の言わんとすることが今ひとつ理解できずに、澪の両の眉は一段と下がった。やれやれ、と小松原は首を振る。

「わからんのか、下がり眉。つる家の売りは、女料理人の作る旨い料理だ」

あっ、と澪は小さく声を上げた。八ッ小路に福井町に下谷車坂町、そのいずれもが、女料理人を売りにしている。だとすれば、あの店も……。

「でも、小松原さま。あの店はもとは登龍楼の板長だった末松が多分、料理を」

「その末松という男が予《あらかじ》め料理を作っておき、盛り付けなり、装う仕草なりを女にやらせる。さも女料理人が作っているように見せかけるぐらい、何でもないことだ。そして多分、その女料理人は、お前さんよりもずっと」

尻切れとんぼのまま口を噤《つぐ》んで、小松原はすっかり冷めた酒を盃に注いだ。青ざめている娘を横目に、中身をひと息に呑み干すと、軽く首を振ってみせる。

「俺は登龍楼の茶碗蒸しを知っている。あれは飽きの来る味なのだ。だから、もしも客が向こうに流れたとしても、必ず取り戻せる」

思いがけない励ましの言葉だった。小松原がそう言うなら、きっと大丈夫。澪は、胸に光が差し込む思いで、空になったちろりに手を伸ばす。熱いのをつけてきますね、とそれを胸に抱くようにして、立ち上がった。右足を引き摺りながら、しかし浮き立つ思いで調理場へと向かう。

「だが、もっと厄介なのは……」

何かを危惧《きぐ》する男の声は、しかし、娘の耳には届かなかった。

秋分を過ぎ、夜がぐんと長くなった。動いても汗は出なくなり、日が落ちると湯気の立つ温かいものが好まれる。常ならば、つる家の温かな料理を求めて暖簾を潜るお客の数が、ここへ来て急に減っていた。あれほど足繁《あししげ》く通っていた清右衛門と坂村堂までが、ここ四、五日、姿を見せない。

「神田御台所町のつる家は、暖簾分けした店かい？　それともあっちが本店か？」

そんなことを尋ねるお客も、ひとり、ふたりでは済まなくなった。中には食事を終えて、わざわざ「料理人に挨拶《あいさつ》をさせろ」と言い出す者が居る。澪が出て行くと、頭の先から足の先までじろじろと見て、腹を抱えて笑うこともあった。澪にはそれが何を意味するのかがわからずに、ただただ困惑して両の眉を下げるばかりだった。

ある日の昼餉時《ひるげどき》。

座敷の一番奥の席に清右衛門と坂村堂の姿があった。久々の来店、それも時分時を外さずにふたりが顔を出すのは珍しいことだった。

「昼餉の、まさに書き入れ時に来てみたが、何とまあ閑散としておることよ」

座敷を見回して、清右衛門は早速、憎まれ口を叩く。それでも料理人の心尽くしの料理が運ばれて来ると、目を輝かせた。

「うむ、この味、この味」

「やはり美味しゅうございますねぇ、先生」

戯作者と版元とが、夢中で膳の上のものを平らげていく。ひと塩した鱚《きす》の細造りと、冬瓜《とうがん》の葛《くず》ひき、里芋の柚子味噌《ゆずみそ》焼き。坂村堂が丸い目をきゅーっと細めて、うんうん、と頷く姿に、つる家の面々は救われたように互いの顔を見合わせた。

「実は、この五日、向こうのつる家の偵察に通っていたのですよ」

食後のお茶を飲み干すと、坂村堂は小声でそう言った。偵察に、と繰り返して、種市が身を乗り出す。

「どんな様子だったんで？」

「中は煮売り屋のような簡素な作りで、客から調理場が見通せます。時分時ともなれば、表で待つ者も居るほどに繁盛《はんじょう》しておりました」

「料理人はやっぱり女ですかい？」

ええ、と頷く版元の向かい側から、戯作者が割り込んでくる。

「その女料理人というのが、春信《はるのぶ》の錦絵《にしきえ》から抜け出たような美貌《びぼう》の持ち主なのだ。出汁《だし》の味を見るのに、白い手塩皿を使うのだが、そこにくっきりと紅がついて、眺めているだけでも絵になる」

皮肉屋の戯作者は、意地悪な笑みを浮かべて、こう続けた。

「この店とは違い、向こうは女料理人の美貌も売り物のうちなのだ。気の毒なことだがな」

「ちょいと、いくらお偉い先生でも今のは聞き捨てならないよ」

おりょうが腕捲《うでまく》りして清右衛門に迫るのを、坂村堂がまあまあ、と制止する。

傍らで話を聞いていた澪は、あの夜、小松原が途中で言葉を濁したことを思い返していた。

――そして多分、その女料理人は、お前さんよりもずっとおそらく、その台詞《せりふ》のあとには、「ずっと見栄《みば》えが良い」と続けるはずだったのだろう。澪はそれに思い至って、はたと手を打った。

「ああ、なるほど。だからお客は向こうの店へ行くのですね」

なるほど、と重ねて感心している澪に、おりょうたちはぽかんと口を開けている。

皆が啞然《あぜん》とする中で、芳だけがくすくすと笑った。

「この子は昔からこうなんだす。料理の腕で負けてお客を奪われたのなら、もっと悲《ひ》愴《そう》な顔をしますやろ」

「料理で負けてない、と何故《なぜ》わかる。向こうの料理を食べたわけでもなかろうに」

清右衛門が、意地悪く尋ねた。芳は、温かく微笑《ほほえ》みながら戯作者を見返した。

「先生と坂村堂さんが、揃って、このつる家へお戻りにならはった。それが何よりの証《あか》しだすやろ」

「参りました」

坂村堂がばりばりと頭を掻《か》いてみせる。

「向こうの料理は確かに旨いのは旨い。けれど、五日も通うともう飽きてしまう。あまり客のことを考えない料理というか。先生など、先ほどはああ仰《おっしゃ》っていましたが、料理人が紅のついた口で味見をしたのを見て、怒って店を出てしまわれたのですよ」

「刺身の扱いも何やら汚らしい。あんな遣《や》りかたでは、いずれ食当たりでも出しかねんぞ。おまけに値段もここの倍だ。とても許せたものではない」

清右衛門は言って、ふん、と鼻を鳴らす。

何だよぅ、と種市が笑い出した。それを機に、おりょうも、それにふきまでもが声を出して笑う。澪は芳と視線を交わして頷いた。

思えば、「はてなの飯」の時もそうだった。あちこちで真似されて、ぱったりとお客が来なくなった。しかし、味のわかる者はちゃんと戻ってくれたのだ。

料理人としての心ばえを守り、常と変わらぬ美味しい料理を作っていれば、必ずや客足は戻る。小松原に励まされたことを思い返し、澪は自身に頷いてみせた。

「私、あんまり悔しくって」

つる家の調理場の板敷に座って、美緒《みお》が憤《いきどお》りを隠さない。

「だって、料理番付に載ったのはこっちの『つる家』なのに、どうして偽物《にせもの》が威張るのよ」

お客の数は少ないが、昼餉時の忙しい最中なので、誰も娘の相手をしない。それでも構わず、美緒はひとりで喋っている。

「あんまり腹が立つから、私、お店を覗いて女料理人の顔をしげしげと見てやったの」

戻り鰹《がつお》を捌《さば》いていた包丁が滑りそうになった。流し台で洗い物をしていたおりょうも、注文を通しに来た種市までもが目を剝いて娘を見た。

「で、どうだったんですかい？」

種市が尋ねると、美緒は満足そうに言った。

「私の方がずっと綺麗だったわ」

やれやれ、と包丁を握ったまま思わず澪は天井を仰いだ。

その日の夜のこと。

そろそろ暖簾を終おうか、という頃に、伊佐三が店に飛び込んで来た。よほど急いで来たのだろう、なかなか息が整わない。澪が差し出した水を一気に飲んで、やっと落ち着いたのか、懐に手を突っ込んだ。

「天の助けとはこのこと。これでつる家にお客が戻るぜ」

出たばかりの読売だ、と伊佐三の懐から引っ張り出された一枚刷りを、種市が受け取って開く。こ、これは、と文字を追っていた種市の目が零れ落ちそうになった。

「こいつぁ大変だ。坂田《さかた》寿三郎《じゅさぶろう》が、向こうの店の茶碗蒸しを食って泄痢《せつり》……食当たりで舞台に穴ぁ空けちまった」

坂田寿三郎、と繰り返して、芳ははっと顔を上げた。

「錦絵にもなった、あの歌舞伎役者だすか？　江戸で一番人気と評判の」

「ああ、あの有名な女形《おやま》さね。こりゃあ、贔屓《ひいき》筋《すじ》が黙っちゃいまいよ。ほら」

種市から差し出された読売を、芳と澪とが覗く。そこには「当代きっての女形、寿三郎は女料理人に目が眩《くら》み、茶碗蒸しの傷みにも気付かずに」等々、人気歌舞伎役者の食中毒事件を面白おかしく書き立ててあった。

「料理屋が食当たりを出せば、文字通り命取りさね。向こうの店はもう駄目だな」

種市がほっと安堵《あんど》の息を吐けば、そうとも、と伊佐三も大きく頷いた。

「聞いた話じゃあ、暖簾を汚されたり、石をぶつけられたりの大騒動だそうな」

これでつる家も安泰だ、と喜び合うふたりとは対照的に、芳の表情は徐々に険しくなっていく。澪もまた、じっと考え込んだ。

末松の意図は、料理番付に載った「神田御台所町つる家」になりすまし、客を集めて儲《もう》けることにあった。そしてその思惑《おもわく》通り、料理番付を手に、大勢のお客が訪れたのだ。向こうを本物のつる家と信じた者が居たとすれば、今度は逆に、こちらのつる家が食中毒を出したと思い込む者が居てもおかしくはないのでは……。しかも寿三郎はこの江戸では熱狂的な人気を博する役者なのだ。

澪は、はっと芳を見た。芳は、青ざめた顔のまま、頷いてみせた。


つる家にとって本当の悪夢は、その翌日から始まった。店の前で足を止める者は数多く居るのに、誰一人として暖簾を潜らないのだ。

「この店だろ、坂田寿三郎を駄目にしたのは」

「とんでもねぇ店だ、さっさと潰れちまえ」

声高《こわだか》に話す声が調理場まで届く。澪は胸塞《ふさ》ぐ思いで、下拵《したごしら》えの手を止めて耳を澄ませた。うちじゃありません、違います、と泣きそうな声でふきが懸命に弁明している。

慌てて土間伝いに入口へ向かい、暖簾を捲《めく》って表へ出た。

「うちは食当たりするようなお料理を出したりしていません。あれは別の店です」

ふきを後ろに庇い、澪は大きく声を張る。

野次馬の中のひとりが手にした読売を指し示して、負けじとわめいた。

「料理番付に載ったつる家、ってぇのはこの店なんだろ？　お前がその、とろとろ茶碗蒸しとかいうのを作った女料理人だよな」

「ええ、そうです」

「だったら、やっぱりそうじゃねぇか」

いえ、違うんです、と澪がいくら叫んでも、ひとびとは蔑《さげす》んだ眼差しを投げつけ、首を振り振り立ち去ってしまう。こうした遣り取りは、翌日、翌々日、さらにその次の日も続き、暖簾に泥を投げ付けられ、表に芥《あくた》を撒《ま》かれたりもした。これでは、お客の入りようがない。

「坂村堂の旦那、この通りだ」

その日、唯一のお客となった坂村堂に、種市が畳に額《ひたい》を擦《す》りつけて頼み込んだ。

「版元なら読売に伝手《つて》があるでしょうし、何とか手を回しちゃあもらえませんか」

お力になりたいのは山々ですが、と版元は、弱ったように泥鰌髭《どじょうひげ》を触った。

「ひとくちに版元と申しましても、うちは読売とはご縁がないのですよ。それに……」

江戸での坂田寿三郎の人気は高く、だからこそ、今回の食中毒事件はひとつの読売に限らず、色々な一枚刷りが出回ってしまった。しかも、面白おかしく尾ひれが付いて無残な内容になっているというのだ。

「こうまで噂《うわさ》が広まってしまっては、たとえそれが誤りであっても、正すことは難しいと思います。酷《むご》いようですが」

坂村堂の言葉に、種市は突っ伏したまま、畳を拳で叩いた。そんな店主を見守る奉公人たちもまた、悔しくて辛い思いで一杯だった。

「結局、うちを信じて食べに来てくれるのは、あの版元だけ。お偉い戯作者先生も、他のお客も皆、薄情なもんだよ」

雨の中を帰っていく坂村堂を見送って、おりょうがぽつんと呟いた。清右衛門ばかりではない、源斉も美緒もぱたりと姿を見せなくなっていた。考え出すと心が際限なく冷えていく。皆が中へ入ったあとも、澪はつる家の表に佇《たたず》んだまま、辛い思いに懸命に耐えた。懐から小さな巾着を引っ張り出す。中身を取り出すと、そっと掌に載せた。ころんと優しい形の蛤《はまぐり》の片貝。もう片方の貝を想って、澪は決して挫けまい、と自らに言い聞かせるのだった。

明日から長月、という夜。澪は眠れないまま、闇《やみ》の中で天井を睨んでいた。どうすればお客を呼び戻すことが出来るのか、考えても考えても、妙案は浮かばない。どれほど美味しい料理を作ったところで、暖簾を潜ってもらえないのでは勝負にならなかった。けれど、何処《どこ》かに抜け出せる道があるはずなのだ。何処かに道が。澪は、これまでお客に喜んでもらえた場面を懸命に思い出す。

――畜生め、何でここに酒が無ぇんだよ

そんなお客の声が耳に蘇《よみがえ》った。

――これで一杯やれりゃあ極楽なのに

美味しい料理を出す度に、言われたことだ。

確かに、そうかも知れない。澪は夜着を剝《は》ぎ、闇の中で半身を起こす。肌を刺す冬の寒さとは違う、柔らかな冷えが身体に纏《まと》わりつくようだった。腕を交差させて撫でさすり、温めながら思う。これからの季節、熱いお酒を求めるひとは多い。お酒なら、夕餉を済ませたあとでも立ち寄ってもらえる。澪自身が酒の味を知らない故《ゆえ》に遠ざけていたことだが、その辺りに何か道筋がありそうだった。

翌朝。

澪は、いつもより遥《はる》かに早く、化け物稲荷《いなり》へ参った。今朝は油揚げが供えられていない。小松原さまは、まだお参りではないのだ、と澪は肩を落とした。祠《ほこら》に手を合わせて長い祈りを終え、ゆっくりと立ち上がる。奥の草の茂みの中で、何か赤いものがちらちらと揺れているのが目に映った。

何かしら、と着物が朝露で濡れるのも構わずに、茂みを搔き分けて覗く。小さくて赤いものの正体がわかって、澪の頰が緩んだ。駒繫《こまつな》ぎが房状の花を咲かせていたのだ。垂れ下がる方が自然なのに、どの花房も、健気《けなげ》に真っ直ぐ、天を目指す。じっと見ていると励まされるような姿だった。

夏に咲くはずのものが、どうして今頃《いまごろ》、と首を傾げながら澪は腕を枝に差し伸べる。花の可憐《かれん》な姿に、ひと枝もらって店に飾ろうと思いついたのだ。

ごめんなさい、と断って、手に力を込めるのだが、その名の通り、馬をも繫げる丈夫な枝で、なかなか手折《たお》ることが出来ない。

「あっ」

勢い余って尻餅《しりもち》をついてしまった。手を見ると、駒繋ぎが根ごと抜けていた。ああ、何て酷いことを、と澪は両の眉を下げる。暫く考えて、それを神狐《しんこ》の傍《そば》へ植えることにした。昨日の雨のあとで、土は柔らかい。枯れ枝で掘り進め、慎重に根を入れて、土を被《かぶ》せた。上手《うま》く根付いてくれると良いのだが。

伸びた枝先の紅色の花房が丁度、神狐の足もとで揺れている。見ると神狐は常のごとく、ふふっと笑っていた。

神狐さん、どうか、小松原さまを私のもとに連れてきてください。そう声に出さずに祈ると、澪はそっと神狐を撫でた。

長月初日のその日も、結局、お客は坂村堂ひとりきり。それでもつる家の面々は誰かが暖簾を潜るのを、じりじりと焦れながら待った。日が短くなり、暮れ六つ（午後六時）の鐘《かね》まで早いはずが、ひとを待つ身には途方もなく長い。六つを過ぎてからの刻の流れがこれまた長い。澪は堪《たま》らなくなって、杓文字《しやもじ》を手にそっと勝手口から表へ出た。

通りに立って、杓文字を振ろうとした時。

九段坂を下って来る提灯《ちょうちん》の明かりが見えた。月の無い夜、近付いて来る灯を、息を詰めて待つ。足音が、少し手前で止まった。

「そこに居るのは下がり眉か？」

「はい」

声が弾《はず》むのが自分でもわかった。杓文字を後ろ手で帯に挟み、澪は跳ねるように小松原に近付く。提灯の向こうで、くくく、と笑いを噛み殺す気配があった。

「その分なら、足の方は良さそうだな」

気にかけていてくれたのだろうか、と内心とても嬉しく思いながらそれには応《こた》えずに、お持ちします、と提灯に手を差し伸べた。

「まずは熱いのをくれ」

入れ込み座敷に案内されるのを嫌い、調理場の板敷にどっかと座り込んだ小松原である。

「読売を見たぜ。随分と不景気なことだな」

所在なげに調理場に置かれた野菜の束を眺めて、男はにやりと笑った。そのからりとした物言いに、店主と奉公人たちは、むしろ救われたようにほっとする。

「小松原の旦那、今夜こそは俺と呑《の》んでくださいましよ」

でなきゃあ拗《す》ねますぜ、と口を尖《とが》らせながら、種市はちろりを運ぶついでに自分もちゃっかり板敷に上がった。ふきは、そんな種市と、肴の仕度にかかった澪とを交互に見て、弱ったように芳の傍へ寄り添った。芳は頬を緩め、ふきの肩を抱き寄せる。

「旦那さん、私らふたりは内所の方で繕《つくろ》いものを片付けておきますよって」

芳は種市にそう声をかけると、澪に、頼みましたで、と言い添えて調理場を去った。

切なく乱れる思いを隠して、澪は七輪で鰯の味醂干《みりんぼ》しをさっと焙《あぶ》る。それに里芋の旨煮《うまに》と名残りの枝豆を添えて、肴として出した。久々に小松原と酒を酌《く》み交《か》わすのがよほど嬉しかったのだろう、種市は、何杯も何杯も盃《はい》を重ねたが、歳《とし》のせいもあって、じきに酔い潰れてしまった。

「仕様のない奴だな。では俺も帰るとするか」

板敷に寝転がって鼾《いびき》をかき始めた老人に目をやって立ち上がりかけた小松原に、澪は、お待ちください、と縋《すが》った。

「お酒を……お酒を出そうと思います」

それには何も応えずに、男は履物に足を突っ込むと、そのまま勝手口に向かう。澪はその背中に縋りつきたくなる衝動を押し殺して、弱々しく懇願《こんがん》した。

「小松原さま、どうか知恵をお貸しください」

「御免こうむる。文殊菩薩《もんじゅぼさつ》じゃあるまいし、ひとに授《さず》ける知恵なんざねぇよ」

　そう言い捨てたものの、気になったのか男は澪を振り返った。情けないほど眉の下がった娘を見て、男は肩を揺らせて笑う。ひとしきり笑うと、こう言った。

「酒を出せば客が喜ぶ、というのは如何にも安直だ。考えなしに酒を出せば、これまで築いてきたものが台無しになるぞ。もっと頭を使え」


　赤とんぼが、羽根を休める場所を探して、空の低いところを飛んでいる。ついっと人差し指を差し伸べると、赤とんぼは吸い寄せられるように止まった。こんな芸当が出来るのも、この季節だけのものだわ、と澪は微笑む。

「あ」

　ふと、声が洩《も》れた。昨日から小松原の言葉の意味をずっと考えていたのだが……。もし赤とんぼが一年中いれば、さして目新しくもないだろう。指に止まってくれたとして、それを嬉しいと思うだろうか。何かが摑めそうだった。何かが。

「澪姉さん」

　勝手口からふきが顔を出して呼んでいる。

「旦那さんがお呼びです、澪姉さんにお客さんですって」

　誰だろう、と澪は首を捻りながら、とんぼを空に帰した。

入れ込み座敷に、でっぷりと肥えた男がこちらに背中を向けて座っている。その禿《とく》頭《とう》を見た時に、妙な懐かしさを覚えた。吉原《よしわら》の翁屋の楼主《ろうしゅ》、伝右衛門だったのだ。挨拶もそこそこに、伝右衛門は連れの若い衆に命じて袱紗《ふくさ》を出させ、澪の前へ置いた。

「八朔《はっさく》の鱧《はも》料理は、そりゃあもう大変な評判で。今日はどうあっても、あの時の礼を受け取ってもらいますよ。さもないと、源斉先生に顔向けできませんからね」

来年の八朔にも同じ料理を作りに来てほしい、と言われて、澪ははい、と頷いた。翁屋の台所で調理をした時のことを懐かしく思い返す。あの時は又次《またじ》が横についていてくれて、料理し易《やす》かった。又次の顔が浮かんだ時、澪の脳裏《のうり》に閃《ひらめ》くものがあった。

「これは受け取れません」

澪は、差し出された袱紗を押し戻した。渋い顔をする楼主に、代わりにお願いがあります、と畳に両手をついて身を乗り出した。

「月に幾度か、料理番の又次さんを、お借りしたいのです」

何、と伝右衛門は目を剝いた。澪は、畳に額を擦りつけて、楼主に話を続けた。

「つる家でお酒を出そうと思います。毎日ではなく、例えば午《うま》の日だけとか、一のつく日だけとか。月に幾度かの『お楽しみの日』を作ろうと思います。そう、吉原でいう紋日《もんび》のような」

紋日、と伝右衛門は唸《うな》った。

はい、と澪は顔を上げて楼主に言った。

「今は足の遠のいてしまったお客さんにも、つる家の料理を思い出して、ちょっと覗いてみるか、と思って頂けるような、そんな紋日を作りたいのです」

楼主の禿頭が見る間に真《ま》っ赤《か》に染まった。怒っているのかと思いきや、伝右衛門、くくく、と洩らした忍び笑いを徐々に増幅し、ついには呵々大笑《かかたいしょう》したのだった。

「お澪坊、これでどうだい」

種市が大きな紙を澪に示す。たっぷりと墨を含ませて書いたのだろう、「三方よしの日」と書かれた筆のあとが濡れ濡れとしている。澪は純白の歯を見せると、店主に頷いてみせた。今日、長月三日は、つる家の最初の紋日となる予定だ。

売り手よし、買い手よし、世間よし。近江《おうみ》商人の心得で知られる「三方よし」は、大坂で商う者にとっても見習うべきものとされていた。澪の発案により、つる家では、その「三方よし」に因《ちな》んで、三のつく日に酒を出すことと決めた。心強い助っ人も吉原から来てくれたし、と澪は、隣りで一心に里芋の皮を剝いている又次に目を向けた。

「酒を出すのは、七つ（午後四時）からで良いんだな?」

はい、と答える澪を見て、又次は頷いた。そうして、種市から紙を取り上げると、俺が貼《は》って来る、と勝手口から表へ出た。

暖簾や表に悪さをする者は大分と減ったが、それでも又次が格子に紙を貼った傍《そば》から、揶揄《やゆ》してはがそうとする者が現れる。

「何でぇ、こんな紙」

伸びた腕を、又次ががっしりと摑み、捻じり上げた。ひとことも口を利かず、鋭い眼光で野次馬どもを睨みつける。誰もが震えあがるほどの迫力だった。

「又さん、顔が怖いよ」

中に戻った又次を、おりょうがからかう。

「ご覧よ、ふきちゃんが震えてるじゃないか」

見れば、ふきが土間伝いにこちらを覗いて、小さく震えている。仕方なく又次は無理に笑ってみせた。鼻に皺《しわ》が寄ってますます怖い顔に見えて、ふきは震えながら下足《げそく》棚の陰に隠れた。

昼餉時、やはり暖簾を潜ったのは坂村堂ひとりだった。

「ほう、では三のつく日はつる家でお酒が呑めるのですか。そりゃあ嬉しい」

飯には飯、酒には酒の良さがありますからねぇ、と泥鰌髭《どじょうひげ》を震わせて喜んでみせた。

調理場で考え込む澪に、又次は言う。

「なあに、酒だからと難しく考える必要はありゃしねぇよ。汁ものは腹がだぶつくので控えるのと、盛り付ける量を少なめにすることだ」

ただ、と助っ人料理人は考え込んだ。

「酒は出れば出るだけ、こっちの実入りが良くなる。肴で腹を膨《ふく》らすよりも酒を呑ませろ、とお前さんに教えるつもりで来たんだが、どうにも調子が狂う」

調理台には丁寧に下拵えされた野菜や魚が並んでいる。それを見れば、この店の料理人が、どれほどお客の口に入るものを大事に思っているのかが知れた。

「常と同じで良い。つる家は高級料理屋でも、廓《くるわ》でもねぇんだ。思うようにやってみな」

又次に言われて、澪はこっくりと頷いた。

だが、七つを過ぎても、暖簾を潜るものはいない。ふきが懸命に「お酒はいかがですか」と声を張り上げても、足を止める者はなかった。澪は、流しに手をついて唇を噛んだ。

調理場の板敷に胡坐《あぐら》をかいて、注文が入るのを待っていた又次だが、何を思ったか、七輪に火を熾《おこ》し始めた。ぱちぱちと炭が爆《は》ぜ始めると、それを慎重に勝手口から表へと持ち出した。表格子の下に置くと、網を載せてそこに秋刀魚を並べた。

暖簾の前でふきがきょとんと、又次の様子を見守る。澪と芳、それに種市も、こっそり暖簾の内側から窺《うかが》った。

七輪の前に蹲《うずくま》って、団扇《うちわ》で火を操る。じきに秋刀魚が焼け始め、脂が炭に落ちて、何とも言えない良い匂いが漂い始めた。又次は、その匂いを団扇で風に乗せる。俎橋から渡って来た者が何人か、足を止めた。

「旨そうな匂いだな、こいつぁ堪らねぇや」

「けど、あれは、いわくつきの店だぜ」

中のひとりが勇気を出して、又次に歩み寄った。

「ここは女料理人の店だろ？」

「俺が女に見えるのか」

無愛想に言って、又次は秋刀魚を焼き続ける。その姿が色々な憶測《おくそく》を招いた。別のひとりが、「三方よしの日」と書かれた紙を指して尋ねる。

「ありゃあどういう意味だ？」

「三のつく日に旨い酒と肴を出す。今日がその初会よ。十三日に裏を返し、二十三日にゃあ馴染《なじ》みになるてぇ寸法だ」

又次がぶっきらぼうに答えると、まるで吉原みてぇだな、と誰かがくすりと笑った。見れば、こんがりと焼き色のついた秋刀魚は実に旨そうだ。見守る側の腹が鳴いた。又次は黙って、箸で秋刀魚をひっくり返す。脂が落ちて、じじっと焦《じ》れるように燻《くすぶ》った。

「俺《おら》ぁ、もう堪らねぇ」

ひとりが大股《おおまた》で入口に近寄る。それを見計らって、おいでなさいませ、とふきが愛らしい声を上げた。するとまたひとり、吸い寄せられるようにあとに続く。数珠《じゅず》つなぎになってお客が暖簾に吸い込まれていく様子を、店の手前で坂村堂が驚いたように眺めていた。

快い疲労が甘く身体に絡む。久々に感じる心地良さだった。今日はあれからも店に客が入り、暖簾を終う五つ（午後八時）まで大層繁盛したのだ。

澪は又次に頭を下げた。

「又次さん、今日は本当にありがとうございました」

「何遍も礼を言われても困るぜ」

空に浮かぶ月は痩《や》せていて、周囲はとても暗い。又次の手にした提灯だけが、三人の足もとを薄く照らしていた。

「こうして送って頂けるからこそ、暖簾を終うんも遅う出来たんだす。なんぼお礼言うたかて足らしまへんのや」

芳がしみじみと言い、澪もまた、深く頷いた。お客の入らぬ辛さは、骨身に沁みていた。それもこちらに落ち度があってのことではない。辛い思いも、弛《たゆ》まぬ精進《しょうじん》も、しかし、今日の大入りで少しは報《むく》われたように感じる。

金沢町の表通りまで来たところで、又次が足を止めた。

「こう言っちゃなんだが、今日は俺の方こそ良い思いをさせてもらった。澪さん、あんたの料理の腕は凄《すご》い。おまけに知恵もある。『三方よし』に因んで三の日に、なんて考えはそう簡単に出て来るもんじゃあねぇよ」

世間よし、というのは、世間の風評が身に沁みたからこそのこと。つる家にも、お客にも良い、加えて世間にも良い。その願いを込めての三方よしだった。

「俺ぁ里ん中しか知らなかったから、こうしてつる家であんたたちと働けるのが、どうにも嬉しいのさ。柄《がら》じゃあねぇんだが」

じゃあ十日後に、と又次は言うと、あとも振り返らずに歩き始めた。瞬《また》く間《ま》に明神下へと抜けて、見えなくなった。又次の足なら、木戸の閉まる前に吉原へ辿《たど》り着けるだろう。ふたりは、里の方角へ静かに首《こうべ》を垂れた。

翌日の献立には、とろろご飯を用意した。滋味溢《あふ》れる自然薯《じねんじょ》を出汁と合わせて丁寧に擂りおろし、炊《た》き立ての飯に載せる。卸し山葵を添え、海苔《のり》を散らせば、箸が止まらなくなるのだ。これならきっと喜んでもらえる、昨夜の勢いのままお客を迎えよう、と意気込んだ昼餉時。だが、つる家の暖簾を潜ったのは、やはり坂村堂ひとりきりだった。

「これは、これは」

坂村堂は嬉々《きき》として箸を動かし続ける。味に間違いはないのに何故、と澪は唇を噛みしめた。どうすればお客が暖簾を潜ってくれるのか、最早《もはや》、何の案も思い浮かばないのだ。

それでも夜は、三人ほど、ひとが入った。いずれのお客にも「今日は酒は無ぇのか」「昨日の板前はいねぇのか」と問われる。澪が作ったものとわかると、幾分気味悪そうに箸をつけ、ひとくち食べれば夢中で食べきった。ほっとする一方で、昼夜あわせて四、五人のお客では店としてどうしようもなかった。

翌日も、それに次の日も、似たような状態だった。種市が念を入れて仕入れてくれた食材が、調理場で萎れていくのが、澪には辛い。

時分時、つる家の面々が交代で表に立って声を張ったが、美味しそうな献立にも誰も足を止めなかった。誤解とはいえ、食当たりを出す、ということがどれほど店の信頼を失わせるか。如何にそれを回復することが容易でないか。つくづくと骨身に応える。又次が居た日だけが夢だったのではないか、と澪は苦しんだ。五日経《た》っても似たような状態で、日に日に澪は元気を失い、面《おも》やつれして、目ばかりが目立つようになっていた。

「よう」

その日の夜、さほど遅くない時刻に勝手口の戸が開いて、小松原がひょいと顔を出した。小松原さま、と澪が驚いて声を上げそうになるのを、しっ、と制して座敷の方を気にしてみせる。

丁度、食事中の坂村堂が種市と芳のふたりを引き止めて、話し込んでいた。

「今夜は酒は止《や》めだ、熱い汁をくれ」

はい、と澪は頷いて、しめじの澄《す》まし汁を装った。思い立って、とろろを流し入れる。

「自然薯のすり流しか。これからは山芋が旨くなるな。俺の好物だ」

湯気の立つ汁をひと口、ゆっくりと味わうと、小松原は目尻にぎゅっと皺を寄せた。

旨いな、というその顔を見ていると、澪は泣いてしまいそうになる。唇を固く結び、あらぬ方向に目をやって耐えた。

「月に三日、それも三方よしに因んだ、とは考えたものよ」

驚いて、澪は小松原に視線を戻した。

「知ってらしたんですか」

「ああ、しかし効き目は一日だけとはな」

男の、からかうような口調に、澪はしゅんと肩を落とした。

「男の料理人でないと駄目なんです、きっと。又次さんがああやって表で調理をして、料理人が男だと示してくださったから」

「それは違う。全くもって違うぞ」

澪の言葉を途中で遮って、小松原は手にした椀《わん》を置いた。

「又次とかいう助っ人が、何故、わざわざ魚を、それも秋刀魚を表で焼いたのか。そのわけをお前さんはわかってない」

言われて、澪は考え込んだ。どうして秋刀魚だったのだろうか。焼くと煙るし、匂いも、と考えた時に、耳に蘇る声があった。

――そんな良い匂いさせやがって
ああ、そうだ。あれは十五夜の前の日だ。焦げた醬油の香ばしい匂いで、とうに暖簾を終ったそのあとまで、道行くひとの足を止めさせたことがあった。
はっと目を見張る娘に、小松原は、にやりと笑ってみせた。

昼餉時、俎橋から九段坂の間を行き来する者が、足を止めて、くんくんと鼻を鳴らした。往来に、何とも言えず美味しそうな香りが漂っているのである。

「こりゃあ、魳《かます》だ」

「そうとも、魳に違ぇねぇ」

匂いの源《みなもと》は、と視線を巡らせると、一軒の店の前で娘が七輪の前に屈んでいるのが見えた。焼いているのは、尖った顔に受け口の魚。まさしく魳であった。路地を覗けば、勝手口にいくつもの笊《ざる》がぶら下げられ、背中から開いた魳が行儀よく並べられている。

この時期の魳、それも生ではなく、塩をして干した魳に敵《かな》うものはない。夏の泥鰌《どじょう》に匹敵するほどに、江戸っ子の胃袋を鷲摑《わしづか》みにする旬の味だった。

「今日の献立は言わずもがな、中で食ってってくんな。焼き立て熱々は旨ぇんだよぅ。

これだけで一升飯が食えるほど旨ぇんだ」

焼き上がった鰤を皿に受け取って、店主が声を張った。下足番が、暖簾を捲っておk客の入るのを待っている。

見知らぬ同士が顔と顔を見合わせた。食当たりを出した女料理人の店、というのがどうしても頭に浮かぶのだ。だが、ものは鰤。それも干してあって、おまけに焼いてある鰤なのだ。どう考えても、食当たりとは縁遠い。

「えい、ままよ」

涎《よだれ》を拭《ぬぐ》いながら、大工らしい風体《ふうてい》の男が暖簾を潜る。最初のひとりが入ると、それで踏ん切りがついたように、ひとり、ふたり、と店内に吸い込まれていく。ひとの出入りがあれば、店は徐々に活気づくのだ。

「おや」

いつものように暖簾を潜った坂村堂は、きょとんと丸い目を見張った。店内、入れ込み座敷が半分近く埋まっていた。それは以前の人気には及ばないが、これまでの成り行きを知っている者の目から見れば、充分、驚きに値した。

「一体、どんな手を使ったのですか」

膳を運んで来た料理人に尋ねても、ただ黙って微笑むばかりだった。

それからも、澪は時分時になると、七輪を表に出して、その日、つる家でお客に出すのと同じものを黙々と焼いた。江戸では今ひとつ人気のない松茸《まつたけ》も、七輪で焼けば何とも言えぬ上品な芳香がひとを呼ぶ。握り飯に塗りつけた味噌の焼ける匂いも、また同じ。

季節は秋、それでなくとも食欲が増すのだ。娘が送り出す芳しい香りは、次々と通行人の胃袋を釣り上げる。その結果、声を上げずにお客を招き寄せた。もとの通りとはいかないまでも、それまでの試練を思えば嬉しい限りだった。

「良い季節になったたな」

二度めの「三方よしの日」が巡って来た朝。薄切りした蓮根《れんこん》を酢水に晒しながら、又次がつくづくと言う。

「この十日の間に旨いものが増えやがった。根のものが殊《こと》に良い」

本当に、と生姜《しょうが》を刻む手を止めて、澪は頷いた。

「『いつも九月に常月夜《じょうづきよ》』って言いますものね」

気候が良く、食べ物の美味しい九月。だから、一年を通してずっと九月で、その上に月夜であれば、とは誰しもが願うことだった。

「お澪坊、そいつぁ違わねぇかい?・」

山芋の入った籠《かご》を抱えて、種市がよろめきながら入って来た。

「『常八月に常月夜、早稲《わせ》の飯に泥鰌《どじょう》汁、女房十八われ二十歳』ってね。江戸っ子の切ない願いさね」

「江戸っ子の、じゃなくて親父さんの、だろ」

又次が笑いながら、老人から重い籠を取り上げる。

「ほう、これまた良い山芋だ」

ひとつ手に取ると、見な、と澪に示した。

ふくらはぎに似た、長くずんぐりとした形の芋を眺めて、澪は両の眉を下げる。江戸に来て三度目の秋だが、これを山芋とか大和《やまと》芋とか呼ぶことにまだ慣れなかった。その気持ちを察したのか、ああ、と又次が頷いてみせる。

「確か、上方じゃあ山芋てぇのは、こんな形じゃねぇんだったな」

「ええ。ごろんと丸い形なんです。粘りが強くて、美味しいんですよ」

丹波《たんば》のものが評判で、「つくね」と呼ばれる。とろろも、上方では自然薯よりもこのつくね芋で作ることが多いのだ。

へっ、と種市がのけぞった。

「俺ぁ、この山芋より他は知らねぇが、こいつよりも粘るものがあるとは信じられねえや」

でも本当なんです、と澪はますます眉を下げた。

擂《す》り鉢《ばち》で擂りおろすのにも力が要るのは、江戸の山芋の比ではない。おまけに擂りおろしたものは、まるで搗《つ》きたての餅《もち》のように粘り、箸で容易に持ち上げることが出来る。だからこそ、出汁《だし》をたっぷり吸い込んでくれる。その上にあくも少ない。とろろにするのには持って来いの芋だった。

「けど、無いものを嘆いても仕様がねぇ」

又次の言葉に、ええ、と澪は頷いた。渡された山芋を手に、これで何か美味しい料理が出来ないか、と思案顔になる。

そう、確か小松原も「山芋が好物」と話していた。飯にも熱燗にも合う美味しい料理に仕上げられたら。

「考えてみます」

手の中の芋に目を落として、澪は言った。

表格子に「三方よしの日」と書いた紙が貼られると、おおっ、と足を止め、嬉しげに眺める者がいる。

「今日は何刻《なんどき》から酒を出すんだ?」

つる家の店主も奉公人も、昼餉を食べに来たお客から幾度もそう尋ねられた。

「何だ、結構、流行っておるではないか」

久々に姿を見せた戯作者が、あからさまにがっかりした顔になる。

「読売で見て、萎れた面を笑ってやろうと、そればかりを楽しみに戯作を書き上げたと言うに。まったくもって、つまらんのぅ」

まあ、と呆《あき》れる澪に、脇から坂村堂が口を挟んだ。

「先生は、他の版元と組んだ戯作が売れに売れて、今日までここにご一緒して頂けなかったのですよ」

その間、私は散々美味しいものを食べられたので構わないのですが、と版元は澄ました顔になる。偏屈の清右衛門、何とも口惜《くちお》しそうな表情を見せたが、ふん、と鼻を鳴らした。

「そう言えば、伊勢屋《いせや》の馬鹿娘はここに顔を見せんだろう。風邪《かぜ》をこじらせて大騒ぎになったそうな」

えっ、と澪は腰を浮かせる。

「美緒さんは大丈夫なのですか？」

無論だ、と戯作者は不快そうに口を曲げた。

「そもそも馬鹿は風邪を引かぬものだ」

ごほん、と版元は咳払いをする。

「何でも、腕の立つ医者が付ききりだったそうですよ。私もお見舞いに出かけましたが、もうすっかりお元気になられていました」

きょとんと丸い目で澪を見て、坂村堂は頷いてみせた。

調理場に戻って、山芋の皮を剝きながら、澪は心が軽くなっているのを感じる。一連の騒動で坂村堂以外、誰も寄り付かなくなった時に、清右衛門や源斉、それに美緒までがつる家を見限ったのか、との思いがちらりと胸を過《よ》ぎった。それならそれで仕方がない、と言い聞かせてはいたが、内心はやはり寂《さび》しかった。

ひとにはそれぞれに事情があるのに。

澪は、自身の幼さが恥ずかしくてならなかった。元気になった美緒や源斉に美味しいものを食べてもらおう。そのためにも工夫をしよう、と心からそう思うのだった。

その日は十三夜で、本当ならば「後の月」を愛《め》でる日でもあった。だが、生憎《あいにく》、夕暮れ前にひと雨あって、その後も弱い雨が降ったり止《や》んだりを繰り返した。足もとが悪ければ客足は伸びないだろう、と気を揉《も》んだが、つる家の酒を楽しみにしていたお客は、律儀に足を運んでくれた。

「今夜で裏は返したぜ。次は馴染みになるからな」

ほろ酔い機嫌で立ち上がるお客が居る。

「これほど旨い肴で酒を呑ませるたぁ、罪つくりさね。あと十日も待てねぇぜ」

暖簾の前で地団駄を踏むお客が居る。

「例の食あたりの一件、ありゃあ全くの濡《ぬ》れ衣《ぎぬ》だろ？　こんなに丁寧で気配りの利いた料理を出す店で、食あたりなんざ、ありえねぇ」

そう言ってくれる、お客が居る。

種市と芳、それにふきが嬉しさを噛みしめながら、帰るお客を送り出した。

調理場では、澪が難しい顔で山芋を手に考え込んでいる。それを見て又次が首を傾げた。

「俺ぁ、こいつで充分旨いと思うんだが」

今夜、肴として出したのは、山芋をすりおろして浅草海苔に塗りつけ、油で揚げたものだ。熱々でもちもちなのが、好評だった。

「ええ。でも、これはよくある料理ですし」

同じ調理法なら、粘り気の強いつくね芋で作る方が美味しいだろう。それよりも、江戸の山芋で作ればこそ旨い、という料理を考えたかった。

「俺ぁ、つくね芋てぇのを知らねぇから何だが、擂りおろして負けるものなら、歯触りを残してみたらどうだ？」

「歯触りを？」

首を捻る澪に、そうとも、と又次は頷いた。

「この山芋を細かく細かく刻むのさ。口に入れた時に歯応えがあるってのも、ちょいと面白いんじゃねぇか？」

ああ、なるほど。澪は、思わずぽんと手を打った。ふたりで手分けして山芋を千切りにし、さらに細かく切った。要領が悪かったのか、色は変わるし、口にした食感もあまり良くない。知恵を出し合って、工夫を重ねる。

五つの鐘が鳴ったのも耳に入らず、店主が覗きに来たのにも気付かずに、ふたりして夢中になった。

「千切りにしたあと、布巾《ふきん》で包んで擂粉木《すりこぎ》で叩く、というのはどうでしょうか」

「ああ、そいつは良いな」

粗《あら》いままでは口触りが悪い。丹念に、出来る限り細かく叩くことで、擂り鉢で擂り潰すのとはまた異なった食感が生まれた。

「こりゃあ良い」

味を見た又次が大きく頷いた。

「下手に味を入れない方が良いな。刺身の上にかけて、絡《から》めながら食う、てのはどうだ」

「それなら山芋と喧嘩《けんか》しない白身魚が良いですね」

白身魚といえば鯛《たい》だが、最も美味しいのは春なので、まだ少し早い。太刀魚《たちうお》はそろそろ終わりに近い。これからが盛りで、お刺身にして美味しいのは……。

「そうだ、鮃《ひらめ》はどうでしょうか」

「ああ、そいつぁ妙案だ。安い上に旨いし。だが、味が合うとはいえ、山芋が白で鮃も白。ちと色みが貧しかねぇか？」

「なら、秋らしくて、彩りの良いものを足しましょう。そうだ、菊花はどうかしら。さっと茹《ゆ》でて酢で色止めして、それから」

ふたりの料理人が知恵を寄せ合う、そのつる家の表側。店主の種市と芳とが床几を出して、雲間の月を待っていた。

「小松原さまは来ねぇし、月は拗ねて顔を見せねぇし、片月見になっちまったよう」

愚痴《ぐち》る店主の盃に酒を注ぎながら、まあまあ、旦那さん、と芳が優しく慰める。

「十五夜の日だしたなぁ。つる家の偽物が現れたんは」

柔らかな眼差しを天に向けて、芳は温かく言った。

「あれから、およそひと月。辛い思いもしましたが、もうじき、きっとお月さんも顔を出してくれはりますやろ」

ああ、きっとな、と店主も老いた目を擦《こす》りながら、暗い空を仰いだ。


化け物稲荷の祠に熱心に手を合わせる澪の脇で、駒繋ぎの枝が揺れている。又次と知恵を出し合った山芋料理は、試行錯誤を重ねて、漸く納得の行く味に仕上がった。今日はそれを初めて献立に載せる日だ。食当たりを出した店、という根も葉もない風評を払拭《ふっしょく》できますように、と願い終えると、澪はゆっくりと立ち上がった。

「あら」

傍らの駒繋ぎの枝に目を止めて、ほのぼのと笑顔になった。流石《さすが》に花は終わってしまったが、代わりに小さな豆の鞘《さや》がいくつもぶら下がっている。いつも見ていたはずなのに、気付かなかった。

「偉いのねえ」

根ごと引き抜かれても、新たに植えられた場所で懸命に花を咲かせ続け、こうして実まで結ぶ。

「どうしてそんなに強いの?」

たとえ誰に顧《かえり》みられなくとも、項垂《うなだ》れることなく、健気に天を仰いで花を咲かせていた姿を思い返す。

寂しくはないのか、という問いかけを、しかし澪は声に出さなかった。誰にも──想うひとにも気付かれぬまま咲き続けるのは寂しいだろう。澪は駒繋ぎの孤独を思い、そっと手を伸ばして、慰めるようにその枝を撫でた。

その日。

つる家の最初のお客は、店開け前に勝手口から入って来た。

「こんなところから済みません」

「こいつぁ源斉先生、何とまあお珍しい」

種市が驚いて、引き戸を大きく開く。源斉の後ろに隠れるように、美緒が立っていた。秋の野花を散らせた友禅《ゆうぜん》は幾分地味ながら、病み上がりの娘に良く映《うつ》って、匂い立つような美しさだった。

美緒さん、と澪は包丁を置くと心配そうにその顔を覗き込んだ。

「悪い風邪をこじらせた、と聞いてました。大丈夫？」

「源斉先生に診《み》て頂けたから」

少し痩せたものの、娘は上気した顔で言って、幸せそうに澪を見返した。

「元気になったら、つる家へ連れていく、という約束をしてしまいまして。店開け前に申し訳ないのですが」

ご迷惑でなければ、何か消化に良いものを、と言われて、澪は頷いてみせた。苦心した山芋の料理を初めて食べてもらう相手が、源斉と美緒であることも嬉しかった。

「これは、何と美しい」

小鉢を手に取った源斉が、感嘆の声を上げた。黒い器の中、鮃の刺身の上に細かく叩いた山芋がかけられている。真っ白な山芋に、黄色い菊花がほど良く混ぜ込まれて、目にも麗《うるわ》しい一品だった。

「お刺身には旨酢《うまず》がかかっています。山芋を絡めて召し上がってください」

言われるまま、箸に取って口に運んで、美緒は、うっとりと目を閉じた。

「こんなに美味しいもの、私、知らないわ。それにただ美味しいだけじゃなく、口の中に菊の香りが残って、とても雅《みやび》な気持ちになる」

「山芋は体力の落ちた病人には何より。それに刺身に菊花を合わせた、というのが見事ですよ。菊花には魚の毒を消す力があるのです」

さすが澪さんだ、と源斉は唸った。それまで固唾《かたず》を呑んで見守っていた店主と奉公人一同は、源斉のこのひと言で、一斉に安堵の息を吐いたのだった。

昼餉時、入れ込み座敷のあちこちで、ほう、っと溜《た》め息が洩れた。

「何と言うか、俺みてぇなもんが食っちゃ罰《ばち》が当たりそうな気がするぜ」

「安女郎を抱くはずが、現れたのが新造《しんぞう》つきの花魁《おいらん》だったみてぇな」

そう言って、頷き合う客あり。あるいは、勿体《もったい》ない、勿体ない、と手を合わせる年寄りあり。誰もが惜しむように箸を口に運んだ。

「さっさと名前を付けよ」

奥の席、清右衛門は先ほどから難しい顔で憤っている。

「さもないとまた妙な名を付けられるぞ。『新造つき』だの、『勿体ない』だの」

「叩きとろろ、という呼び名では駄目ですか」

おずおずと澪が応えるなり、馬鹿もの、と怒鳴り声が戻って来た。

「戯作者が戯作に題名を付けるのと同じこと。つまらん料理名では許されんぞ」

まあまあ、と脇から坂村堂が助け船を出す。

「清右衛門先生は題の付け方に定評がありますからね。如何《いかが》です、先生が名づけ親になられたら」

「わしは銭にならぬ仕事はせぬわ」

ひねくれ者の戯作者はそう言って、そっぽを向いた。

澪は両の眉を下げたまま、考え込む。

背伸びして良い名前を付けようとすれば、何も思い浮かばない。見たまま、そして覚え易《やす》い名を、と思い、膳の上の鉢に目をやった。細かく叩いた山芋は真っ白な雪のようだ。そこに菊の花が散っている。

「菊花雪《きっかゆき》……菊花雪、というのはどうでしょうか」

菊花雪、と繰り返し、坂村堂が丸い目を見張って大きく頷いた。

「素直で良い名です。清右衛門先生では、そんなに素直で美しい名は思いつかない」

先生に名づけを任せなくて正解でした、と満足そうに泥鰌髭《どじょうひげ》を撫でる版元のことを、戯作者は怖い目で睨んでいた。

長月も、残り五日となった頃。

神田御台所町にあった「つる家」の看板は箒屋《ほうきや》のものに掛け替えられた。末松は店《たな》賃《ちん》も踏み倒して姿を消した、と聞く。

「済みません、箒をくださいな」

店の奥に声をかけると、まだ若い夫婦者が顔を出した。亭主が使い易そうな箒を選んでくれ、おかみさんが澪に釣銭《つりせん》を返しながら、

「商いを始めたばかりです。何とぞご贔屓に」

と丁寧に頭を下げた。

箒を手に明神下を弾む足取りで歩きながら、澪は、青い空を仰ぐ。

菊花雪は、味わいや姿の美しさが口伝《くちづて》で広まり、少しずつ新たなお客を呼び寄せる。酒に合うことこの上なし、として次の「三方よしの日」を心待ちにする声も多く寄せられていた。

澪は、箒を握った両の手を天に差し伸べて、大きく伸びをする。まあ、良い歳の娘が、と通行人が眉を顰《ひそ》めたが、気に留めなかった。

その夜。

暖簾を終ったつる家の勝手口から、ぬっと入って来る者が居た。綿入れを着る季節になった、というのに貧乏臭い垢《あか》じみた袷《あわせ》のままの、如何にも浪人といった風情の男。

「小松原さま」

菊花雪でまさに一杯やろうとしていた種市が、板敷から腰を浮かせた。

「ちょいとご無沙汰《ぶさた》じゃねぇですか、何処で浮気をなすってたんで」

包丁の手入れを終えたところだった澪は、胸の弾むのを隠して、熱いのを付けますね、と明るく言った。帰り仕度をしていた芳は、やれやれ、と諦《あきら》めたように軽く頭を振った。

「奥で繕《つくろ》いものをしてますよって。今夜は、もうこちらに泊めて頂くことになりますやろ」

ふきが嬉しそうに、ぴょんと跳ねる。その愛らしい仕草に芳が、種市が、それに小松原が笑っている。皆の笑顔を見て、澪はふいに双眸が潤《うる》んだ。目立たぬように俯いて、燗を見る振りをする。

「読売に、ここの菊花雪のことが出ていたぞ」

種市から盃を受け取って、小松原はにやりと笑いながら中身をぐっと干した。その声に、芳とふきが、内所へ向かう足を止める。

「へえ、そりゃまた何て書いてあったんで」

手にした盃を置いて、種市が酔いのさめた声で尋ねた。読売では散々な目に遭ったのだ。澪たち奉公人も、一斉に苦い眼差しを浪人に向けた。誰にも酌をしてもらえないので、自分でちろりから酒を注ぐと、男はまた、にやりと笑った。

「つる家名物、菊花雪。今年の料理番付の大関位を登龍楼と競う、と専《もっぱ》らの評判だそうな」

　ふきが真っ先に飛び跳ねた。あまりの嬉しさに、幾度も幾度も跳ねてみせた。芳はほっと安心した顔で胸を撫で下ろし、種市は黙ってちろりを取ると、小松原の盃を満たした。自分の盃にも注ごうとして、種市の手がわなわなと震え出した。

「どうしちまったのかねぇ」

　ほろ苦く笑うその目が真っ赤になっていた。

　芳とふきとが引き上げたあと、嬉しさのあまり盃を重ねて店主は酔い潰れた。小松原が帰ろうとする素振りを見せる前に、澪は何か新しい肴を作りましょう、と立ち上がる。

「読売のことは嬉しくなかったのか」

　そう声をかけられて、澪は躊躇《ためら》いながらこう答えた。

「読売に書かれた言葉よりも、この店に足を運び、食べてくださるお客さんの美味しそうな顔の方が、私には大切なんです」

　そうか、と応じる声が温かい。

「肴は要らぬ。帰るぞ」

うろたえる澪に構わず、男はさっと立ち上がった。しゅんと肩を落としたまま、表まで澪は小松原を送った。

空に浮かぶ月は細く、駒繋ぎが根付いたな」

「化け物稲荷に、駒繋ぎが根付いたな」

別れ際、男は何気なく言った。

「あれを見ると、どういうわけだか、お前さんを思い出す」

動揺を悟られぬように、胸に手を置いて、澪はわざと朗らかに応えた。

「牡丹《ぼたん》でも菊でもなく、駒繋ぎなのですか？」

くすん、と男の鼻が鳴った。

「その花は、いかなる時も天を目指し、踏まれても、また抜かれても、自らを諦めることがない」

見習いたいものだ、と言い残し、男は去っていった。

その足音が聞こえなくなった時、澪は初めて顔を覆い、蹲って泣いた。

胸の奥で、駒繋ぎの赤い花が優しく、優しく風に揺れていた。

初雁《はつかり》——こんがり焼き柿

表神保小路《おもてじんぼうこうじ》を歩く澪《みお》の足もとが柔《やわ》らかい。昨夜の風の置き土産《みやげ》か、赤や黄、橙《だいだい》など色とりどりの落ち葉が敷き詰められていた。ふと見上げれば、武家屋敷の塀《へい》から覗《のぞ》く欅《けやき》や楓《かえで》、桜に梅などの紅葉が目にも艶《あで》やかだ。

「粋《いき》だねぇ、銀杏《いちょう》の簪《かんざし》かい」

落ち葉掃《は》きをしていた番屋に言われて、澪は、手で髪を探る。

「あら」

鮮《あざ》やかな黄に色づいた銀杏の葉が髪についていた。明神さまの大銀杏の贈り物かしら、と澪は頰《ほお》を緩《ゆる》めると、老いた番屋へ軽く会釈して、それを大事に帯の間に挟《はさ》んだ。

「澪姉さん」

つる家《や》の表を箒《ほうき》で掃いていた少女が、俎《まないたばし》橋を渡って来る澪に気が付いて、嬉《うれ》しそうに駆《か》け寄る。

「ふきちゃん、お早う」

帯に挟んでいた銀杏を抜くと、少し腰を屈《かが》めて、ふきの髪に挿《さ》してやる。

「今日は忙しくなるわよ。下足番《げそくばん》、しっかりお願いね」

神無月《かんなづき》三日。月が替わって最初の「三方よしの日」だった。先月から始めた試《こころ》みだが、つる家で酒が呑《の》めるとあって、随分《ずいぶん》と楽しみにしているお客も多い。

「又次《またじ》さん、もう見えてます」

ふきは言って、おどおどと店の方を見た。

一度、又次が野次馬《やじうま》を懲《こ》らしめる場面に遭遇《そうぐう》して以来、ふきは又次のことが怖くてならない様子だった。かつて登龍楼《とりゅうろう》で末松《すえまつ》に暴力を振るわれていた経験が尾を引いているのだろうが、闇雲《やみくも》に恐れられては又次が気の毒だ。どうしたものか、と考えあぐねて澪は両の眉《まゆ》を下げた。

そのまま店へと入りかけた澪を、ふきが呼びとめる。

「澪姉さん、あそこの柿《かき》の木は、誰《だれ》かのものなんですか」

指差す方を見れば、飯田橋《いいだばし》の土手に一本、ぽつんと柿の木が立っている。真っ赤に紅葉した葉の陰から、幾つもの実が覗《のぞ》いていた。

どうかしら、と澪は首を捻《ひね》る。

「誰も手を入れてないから、勝手に根付いたものだと思うのだけど」

途端《とたん》に、ふきが目を輝かせる。

「だったら捥《も》いでも良いですよね」

「でもね、ふきちゃん。多分、あれは渋柿《しぶがき》よ」

目を凝《こ》らすと、先の尖《とが》った形。その上に未《ま》だ青みが残って如何《いか》にも渋そうだ。大坂《おおさか》で食べていた甘柿の丸く優しい姿や夕焼けを思わせる鮮やかな色を思い出しながら、澪は気の毒そうに言った。


大根に粗《あら》く刻《きざ》んだ油揚げを加えて、たっぷりの吸い地で煮る。大ぶりの汁椀《しるわん》に装《よそ》い、好みで七色唐辛子《なないろとうがらし》をぱらり。何でもないようだが、これが実に旨《うま》い。昼餉時《ひるげどき》、つる家の暖簾《のれん》を潜《くぐ》った者は例外なくこれを注文し、物も言わずに綺麗《きれい》に平らげた。

「よくある料理なのに、どうしてここで食うのはこんなに旨《うめ》ぇのか」

何人ものお客に問われる度に、店主は胸を叩《たた》いて、

「そりゃあ料理人の腕が良いからよ。おまけに『三方よしの日』はこれまた腕の立つ助っ人が来てくれるのさ。これがまた、強面《こわもて》だが良い男でよぅ」

と自慢に余念がない。調理場にまでその声が響き、その度《たび》に又次が難しい顔になる。器を洗っていたおりょうが、ほらまた、と笑いだす。

「又さん、顔が怖いよ。またふきちゃんが怖がるからさ」

「この顔は生まれつきだ」

山芋を洗って来るぜ、と不貞腐《ふてくさ》れたように言うと、又次は山芋の入った重い笊《ざる》を抱えて勝手口を出ていった。

澪はひょいと座敷を覗いて注文が途絶えたことを確認すると、賄《まかな》い用の膳《ぜん》を並べる。

「おりょうさん、今のうちにお昼にしてください。今日は夕方から混《こ》みますから」

ふきちゃんも呼んで来ます、と土間伝《どまづた》いに入口を覗いたが、ふきの姿は無かった。首を傾《かし》げながら暖簾を捲《めく》って表に出れば、俎橋の土手の柿の木の下で、懸命に箒を伸ばしている。どうしても柿を諦《あきら》めきれないのだろう。

困った子だわ、と苦笑しながら澪が声をかけようとした時。

又次が大股《おおまた》で通りを突っ切り、ふきの傍《そば》へ立った。びくりと身を縮める少女に声もかけず、木の上の幾分《いくぶん》赤そうなのをひとつ、捥ぎ取った。それをぬっとふきの前に差し出す。ふきはおどおどと手を開いて赤い実を受け止めた。又次を恐れるあまり、お礼の言葉も出て来ないのだろう。又次もまた、無言のまますたすたとこちらへ戻って来る。澪はふたりに見つからないように、素早く暖簾の陰に隠れた。

調理場へ戻ると、店主とおりょうが遅い賄いを食べている最中だった。

「今、おりょうさんと話してたんだが」

飯粒《めしつぶ》を飛ばしながら、種市《たねいち》が言う。

「今年は雁《かり》の戻りが遅ぇよな」

「不忍池《しのばずのいけ》でも未だ見ない、って、さっき又さんも」

熱い汁で喉《のど》を焼いたのか、おりょうが言葉途中でとんとんと胸を叩く。

晩秋、寒露《かんろ》の頃《ころ》になると雁が北の方から渡って来る。楔形《くさびがた》に列を組んで飛来する勇姿は、見る者の目を奪う。その最初の渡りを初雁《はつかり》と呼んで、楽しみに待つ者は多かった。だが、確かに今年は未だその初雁を見ない。何か悪い兆《きざ》しでなければ良いのに、と澪は不安そうに両の眉を下げた。

「初雁を見た夜に呑む酒がまた旨ぇんだよぅ」

待ち遠しいぜ、と店主は空いた手で盃《さかずき》を持つ真似《まね》をしてみせる。

結局、呑む口実にしたい種市なのであった。

その夜のつる家は、予想通り大盛況になった。菊花雪《きっかゆき》は熱くした酒に憎いほど合うらしく、あちこちで吐息《といき》混じりの感嘆が洩《も》れた。

「他のも食ってみてくれよぅ。鰯《いわし》の蒲焼《かばや》きに、里芋の柚子味噌《ゆずみそ》焼きも旨いのによぅ」

俺《おれ》の分が無くなっちまうよぅ、と店主が恨みがましく声を上げて、どっと笑いが起きた。

　調理場から座敷の様子を見て、良い眺めだな、と又次が頰を緩める。ええ、と澪は頷《うなず》いてみせた。風評でお客が入らなかった日々を思えば、夢のような情景だった。

　結局、その日はお客に粘られて、暖簾を終《しま》うのが五つ半（午後九時）になってしまった。

「又次さんが居てくれはるから、夜道も安心だすなあ」

　人通りがない上に、月明かりも少ない道を、芳《よし》と澪は又次に守られるようにして帰る。ふと、思い出したように又次が口を開いた。

「つる家の下足番は、どうしてまた、あそこまで俺を怖がるんでぇ」

　ああ、それは、と澪がふきの生い立ちを話す。黙って聞いていた又次だが、健坊《けんぼう》のことを聞いた時に初めて、

「離れ離れか、そいつぁ辛《つれ》ぇな」

　と呟《つぶや》いた。ええ、と澪も両の眉を下げる。

「だから、せめて藪入《やぶい》りの時にはつる家で過ごしてもらおう、と旦那《だんな》さんも色々用意をされてたんですが、結局、ふきちゃんは弟を連れて戻らなかったんですよ」

　つい、無念な口調になった。

種市ばかりではない、澪も健坊とふきとが揃《そろ》ってつる家で藪入りを過ごしてくれるのを楽しみにしていたのだ。なのに姉弟は登龍楼近辺を散策し、屋台見世《みせ》の白玉《しらたま》を食べて過ごしただけで、つる家へは帰らなかった。

澪の話に、又次はぼそりと呟いた。

「そりゃあ、今、手前の居る場所へ弟を連れて帰るわけには行くまいよ」

その言葉に芳と澪とが同時に足を止めた。ともに、又次の言う意味がわからなかったのだ。気付かずに二、三歩、先に進んで、又次は漸《ようや》くふたりを振り返った。

「どうしてです、又次さん」

澪が問いかけると、又次はふっと息を洩らした。

「わからねぇかも知れねぇな。澪さんもご寮《りょん》さんも、そりゃあ言うに言えない苦労をしただろうが、それでもやっぱり情ってのに恵まれてただろうから」

さ、帰るぜ、とふたりを促すと、あとは黙ったまま、又次はふたりを金沢町まで送ったのだった。

その翌日のこと。

昼餉時の一番忙しい時に、ふきが無断で持ち場を離れてしまい、入口で客が立ち往生する羽目になった。急遽《きゅうきょ》、種市が下足番をこなしたものの、放《ほう》っておくわけにいかない。お客に料理が行き渡ったところで、澪は勝手口を飛び出して、周辺を探した。

「帰んなさい、帰らないとお姉ちゃん、ひどいよ」

少女の大きな声が聞こえた。見ると、例の柿の木の下で、ふきが健坊を叱《しか》っている。

「けどよぅ、おいら、もう嫌《いや》だよぅ」

姉に叱られて、健坊は泣きじゃくった。

「おいら、ねえちゃんのそばが良い、ねえちゃんのそばにいたいんだよぅ」

「そんな聞き分けのない健坊は嫌い」

嫌い、と言われて幼い弟は、一層激しく泣きじゃくる。ふきは身を屈《かが》めて弟の顔を覗き込んだ。

「奉公先を勝手に抜けて来たりしたら駄目じゃないの。ちゃんと登龍楼に帰りな。今ならお目玉だけで済むから」

良いね、ときつい声で言って、ふきは弟の腕を引っ張る。健坊は足を踏ん張ったが、そのままずるずると俎橋の方へ引《ひ》き摺《ず》られた。

「さあ、お姉ちゃんがここで見てるから、ちゃんと帰りなさい」

弟の腕を放すと、ふきはその小さな背中を両手でどん、と押した。姉にそこまでされて漸く、弟はとぼとぼと橋を渡り始める。橋の中ほどまで来た時に、健坊は涙《なみだ》と鼻水とでぐしゃぐしゃになった顔で振り返り、恨めしそうに姉を見た。澪の位置からは、弟を見送るふきの表情は見えない。けれど、握り締めた小さな拳《こぶし》が震えている様子から、必死に怒った振りをしていることが読み取れた。

六つ七つの幼い弟をそうして追い返さねばならない、ふきの気持ちを思う。だが、澪は敢《あ》えて何も言わずに、少女がこちらに気付く前に、そっと店へと戻った。

「旦那さん、済みませんでした」

真っ赤な目をしたふきが、種市に何度も頭を下げる。曲げていた腰を伸ばして、店主は、じっと少女の顔を見た。

「ふき坊が黙って持ち場を離れるなんざ、よっぽどのことだと思うんで、俺《おら》ぁ何も言わねぇよ。ただ、年寄りをあんまり心配させねぇでくんな」

そうだよ、とおりょうも深く頷いてみせる。

「子盗《ことと》りとか、ひとさらいとか、何が起こるかわからない物騒な世の中なんだから、これからは断ってから出ていくんだよ」

おりょうに重ねて念を押され、ふきはもう一度、膝《ひざ》に額《ひたい》が当たりそうなほど深く頭を下げた。

「おい、さっさと履物《はきもの》を預からぬか」

入口に清右衛門《せいえもん》の声が響いて、つる家の面々は慌《あわ》てて散った。

鰯は細かく包丁で叩いて、塩と酒、そこに擦《す》った生姜《しょうが》をたっぷり、さらに叩いて団子に丸める。他にはささがきにした牛蒡《ごぼう》と白髪《しらが》に刻んだ葱《ねぎ》。この三種を具にして澄まし汁に仕立てると、箸《はし》が止まらなくなること請け合いだった。飯はこの季節ならではの茸《きのこ》の強飯《こわめし》である。

「全くもって、けしからん。けしからんぞ」

怒りながらも、清右衛門、箸を持つ手を止められない様子だ。

「わしは混むのが嫌いだ。だからこの店も昼餉時を外して足を運ぶのだが、そうすると腹が減って敵《かな》わぬ。今一度、食当たりを出せば客も減るのにのう」

ぶっ、と坂村堂《さかむらどう》が汁を噴《ふ》き出した。おりょうが般若《はんにゃ》の形相《ぎょうそう》で腕を捲《まく》り上げたのを見て、坂村堂、げほげほとわざとらしく咳込《せきこ》む。

「茸の強飯とはまた気が利いていますね。もちもちした噛《か》み応《ごた》えが何とも旨い。そう言えば清右衛門先生、昨年はもち米の騒動がありましたですねえ」

無理にも話題を変えた版元《はんもと》を助けるために、種市が会話に割り込んだ。

「そうそう、確かに江戸中のもち米が消えちまったことがありましたっけね」

脇《わき》でその会話を聞きながら、澪は首を傾げる。昨年は強飯を炊《た》かなかったせいか、よく思い出せなかった。同じく覚えがないのだろう、おりょうも首を捻った。

「何か理由があるのでしょうか」

澪が尋《たず》ねると、坂村堂は周囲を窺《うかが》うように見回し、実は、と声を低めた。

「幽霊星《ゆうれいぼし》、というのが現れましてね。何でも位牌《いはい》の形をした星で、それを見てしまうと忽《たち》ち命を取られるそうな」

江戸っ子は幽霊やら妖怪《ようかい》の類《たぐい》が大好きで、例年、手を変え品を変えさまざまな恐怖話が持ち上がる。どう反応して良いかわからず、澪は眉を下げながら重ねて問うた。

「その幽霊星ともち米と、どう関係があるんでしょうか」

「くだらん、実にくだらん」

答えようとする版元を制して、苛々《いらいら》と戯《げ》作者《さくしゃ》が声を荒らげる。

「もち米でぼた餅《もち》を作り、屋根に供《そな》えれば助かる、と言うのだ。それがために江戸中のもち米が消えてしまった。世の中にはどうしてこうも馬鹿が多いのか」

馬鹿は伊勢屋《いせや》の娘ひとりで充分じゃ、と清右衛門は憎々しげに吐き捨てた。入口では、つる家の下足番が青い顔をして震えている。幽霊星の話がよほど恐ろしかったのだ。それに気付いたのだろう、坂村堂は、まあまあ、と清右衛門を宥《なだ》めにかかった。

「うちでもぼた餅を作って屋根に供えましたが、別に幽霊星の話を真に受けたわけではありません。つまりはそれを口実にぼた餅が食べられる。だから江戸っ子たちはもち米に群がったんでしょう」

それに、と坂村堂はわざと声を上げてこう続けた。

「幽霊星が狙《ねら》うのは、小さな子どもばかりだそうで、だからまぁ、ここに居る全員が無関係、ということです」

「ちょいと坂村堂の旦那」

おりょうが怒り心頭の声を上げた。

「あたしにもその小さな子どもが居るんだ、あんまり縁起でもない話はよしとくれ」

塩でも撒《ま》きそうな勢いで言い放つと、おりょうは畳《たたみ》を踏み鳴らして調理場へと姿を消した。おい、店主、と清右衛門は渋い顔で種市を見る。

「奉公人の態度の悪さも、この店の名物か」

へい、と種市は肩を竦《すく》めながら応《こた》えた。

「口の悪いお客と合わせて、つる家の名物なんでさぁ」

その夜。

澪と芳とが金沢町の裏店《うらだな》へ戻ったのは、五つ半になろうという頃《ころ》だった。空にかかる三日月は痩《や》せて、辺《あた》りは闇《やみ》のはずが、裏店の路地に提灯《ちょうちん》の明かりが見えた。おりょうと伊佐三《いさぞう》の住まいの前だ。澪と芳は、何事かと互いの顔を見合わせた。

「おりょう、馬鹿な真似は止《や》めろ」

「大丈夫だから、お前さんは少し静かにしておくれな」

押し殺したような話し声は、間違いなく夫婦のものだ。

「伊佐三さん、何ぞおましたんか」

芳が周囲を憚《はばか》って低い声で尋ねる。

「ご寮《りょん》さん、それに澪ちゃん。実は……」

伊佐三は困った声で応え、手にした提灯を屋根の方へ差し向けた。薄い明かりが照らしだしたものを見て、澪と芳が同時に、まあ、と絶句する。ぼた餅を手にしたおりょうが屋根に上っていたのであった。

「おりょうの奴、どうしてもぼた餅を屋根に供えるんだ、と聞きやがらねぇ」

情けない声で伊佐三が言い、屋根の上でおりょうが恥ずかしそうに舌を出していた。

深夜、強い風が裏店の薄い板戸をかたかたと鳴らす。鼻まで夜着に潜り込むと、澪はつくづくと言った。

「太一《たいち》ちゃん、幸せですね」

闇の中で、芳が頷く気配がした。

「そうやなあ。おりょうさんも伊佐三さんも、ほんまに優しい、ええ親や」

たとえ血の繫《つな》がりは無くとも、あの三人は間違いなく家族なのだ。

実の親との縁《えにし》の薄い分、それを埋めて余るほどの深い情に包まれて、幸せになって欲しい。太一だけではない、ふきや健坊にも同じくらい幸せでいて欲しい。

俎橋の上、恨めしそうに姉を振り返った幼い弟。小さな拳を握り締めて耐えていた、姉。姉弟の姿を思い返すと辛くなって、澪はそっと寝返りを打った。


翌朝、出がけに弱い雨が降った。

干していた洗濯物を取り込んだりして、常よりも家を出るのが遅れた。つる家へと急ぎ、俎橋の半《なか》ばまで来て、澪は、おや、と足を止めた。店の前に傘《かさ》を差した男がふたり。その傘越しに、ふきの血の気の失《う》せた顔が見えた。血相を変えた種市が、ふきを抱き留める。何かがあったのだ、そう悟ると澪はだっと駆け出した。

種市の腕を振りきり、ふきがこちらに向かって来る。種市が目ざとく澪を見つけた。

「お澪坊！　ふき坊を止めてくれ」

半狂乱で俎橋を駆け上がって来る少女を、澪はばっと抱き留める。

「放して、放して、健坊が」

澪の腕の中でもがきながら、ふきは絶叫した。ふきちゃん、落ち着いて、と澪は少女を胸の中に抱き締める。種市と男ふたりが駆け寄った。

「ふき坊、気持ちはわかるが、お前まで飛び出しちまったら、俺ぁどうすりゃいい」

種市が詰まった声で言って、ふきの背中を撫《な》でる。

「一体何があったんです」

澪は、見覚えのないふたりの男を交互に見て、きつい声で尋ねた。澪とそう歳《とし》の違わない若いふたりは、暫《しば》し互いを見合っていたが、背の高い方が一歩前へ出た。

「私どもは日本橋登龍楼の奉公人です。実は、その子の弟が昨日から店に戻らないのですよ」

全身の血が引いていくのがわかる。澪はふきを抱いたまま、棒立ちになった。

まだ幼いため、掃除や使い走り程度の仕事しか任されていない健坊だが、昨日、しくじって花器を割ってしまった。きつく叱責《しっせき》されて、それが応えたのだろう、昼前に店を飛び出してそれきり戻らないのだという。

「叱ったのは私ですが、決して、追い出すような真似をしたわけではないんです。出ていったことを責める前に、まず何よりも無事かどうかを確認せよと店主に命じられ、こうして足を運んだのですよ」

しかし、ふきの動揺を見れば、健坊がここに居ないことは明白。あとはこちらで手分けして探してみます、と言い残して、ふたりは帰っていった。

ふきは腰が抜けたようにずるずると澪の足もとへ蹲《うずくま》り、そのまま身動きしない。

「ふき坊、ともかく店へ戻ろう。決して悪いようにはならねぇから」

種市が優しくその肩を抱いて、少女を立たせる。澪ははっと我に返り、自身番《じしんばん》目指して駆け出した。無数の雨粒が飯田川の水面《みなも》に、無気味な紋を刻んでいた。


「とにかく今日は店を休むぜ」

つる家の内所《ないしょ》で、種市は奉公人たちにそう告げた。店主の脇には、紙のような顔色をした少女ががたがたと身を震わせている。

芳とおりょう、それに澪が揃って頷いた。

「手分けして、探しまひょ。ここらの自身番は澪が回りましたよってに、私は川伝いに日本橋までの辻番《つじばん》と自身番を回ります」

芳が言えば、澪も身を乗り出す。

「私は日本橋の界隈《かいわい》を回ります」

「じゃあ俺ぁ、この周辺の寺と神社を回るぜ」

そう言って立ち上がる種市を、芳は、それも私らでやります、と引き止める。

「ふきちゃん、健坊が立ち回りそうな場所に何ぞ心当たりはおますか?」

芳に問われて、ふきが呟くように、

「……鍋町《なべちょう》の家」

と答えた。ふきと健坊とが生まれた家。登龍楼の料理人だった父親の茂蔵《しげぞう》と、母親とが亡くなるまで住んでいた家だと言うのだ。

「そうか、しかし健坊には……」

まだ乳飲《ちの》み子《ご》だった健坊に当時の記憶が残っているとは思えない。だが、種市はぐっとあとの言葉を飲み込むと、ふきの顔を覗き込んで、優しく頷いてみせた。

「よし、わかった。俺も一緒に行こう」

それまで黙って聞いていたおりょうが、ふきの肩を抱き寄せた。

「旦那さん、鍋町へはあたしが一緒に行きますよ。昔、竪大工町《たてだいくちょう》に住んでたし、あの辺りには知り合いが多いんです。きっと力になってもらえますよ」

おりょうが言うのへ、芳も言葉を添える。

「登龍楼から何ぞ連絡が入るやも知れまへん。要《かなめ》になるひとが店に居《お》った方がよろしおます」

けん、七つ。小柄、前歯大、右耳の後ろに黒子《ほくろ》。元飯田町《もといいだまち》つる家に連絡乞《こ》う――健坊の特徴と連絡先とを小さな紙片に記したものを手分けして何枚も何枚も用意する。それを懐《ふところ》にしまい、あとを店主に託すと揃って店を出た。

「私、先に口入《くちい》れ屋の孝介《こうすけ》さんのところを訪ねてみます」

組橋を渡ったところで、澪が言うと、それがええ、と芳も賛同した。

「りうさんなら、何ぞ知恵を貸してくれはるやろ。私らはこのまま川筋《かわすじ》を行きますで」

その場で三人と別れて、澪は神保小路の方へと向かった。

幸い、雨足は徐々に弱まり、空に薄日が差してきた。そのことに僅《わず》かながらもほっとしつつ、澪は口入れ屋の暖簾を潜った。

「何だって。健坊が」

話を聞き終えるや否《いな》や、孝介はあたふたと立ち上がって内所へと駆け込んだ。おっ母《か》さん、大変だ、と早口で捲《まく》し立てる声が響いている。

「澪さん、お久しぶりだこと」

存外、落ち着いた声で言いながら、りうが姿を見せた。相変わらず腰は折れ曲がったままだし、歯は一本もない。頑丈《がんじょう》そうな歯茎《はぐき》を見せて笑っている。その変わらぬ姿に安堵《あんど》して、澪は初めて涙が出そうになった。

「りうさん、健坊が」

「おっと、あたしゃ無駄な涙は嫌いなんですよ。まずは落ち着いて、話を聞かせてくださいな」

登龍楼の奉公人から聞いた、という話を澪に詳《くわ》しく語らせて、りうは暫く考え込んだ。

「つる家の皆さんは、ひとさらいや子盗りを案じられているようですが、健坊は赤ん坊じゃありませんからね。齢《よわい》七つなら店の名も場所も言えますよ。助けを呼ぶことだって出来る。あたしゃ、健坊は自分の考えで隠れて、戻り辛くなってるだけだと思いますがね」

「そうでしょうか」

ほっとした声で澪が言うと、孝介が脇から口を挟んだ。

「しかしね、おっ母《か》さん、裏の小間物屋の倅《せがれ》も六つで行方《ゆくえ》知れずになって、三年経《た》った今も戻って来やしない。健坊だって同じように神隠しに遭《あ》ったのかも知れません」

孝介の言葉に、澪は身を震わせる。りうは、やれやれ、と首を振り、息子を睨《にら》んだ。

「もう忘れちまったのかねぇ、お前だって、健坊くらいの時に丸三日、帰らなかったことがありましたよ。唐辛子売りのあとについて王子村の方まで行ってしまって」

そうでした、そうでした、と孝介はばつが悪そうに頭を掻《か》いた。

「気がつけば知らない土地で、おまけに人通りもなくてね。稲荷《いなり》神社の祠《ほこら》の中へ潜《もぐ》り込んで寝ちまったんですよ。腹が減ればお供えに手を出したりして。子供だったとはいえ、家の者には随分と心配をかけてしまいました」

「ふん、忘れていたくせに」

ぴしゃりと言って、りうは澪の方へ向き直った。

「ほらね、澪さん。こんなこともあるんですから、あまり悪い方、悪い方へ考えないようになさい。悪い予感というのは周囲にも伝わるもんですよ。そうなるとふきちゃんが可哀《かわい》そうです」

うちでも出来るだけのことをさせてもらいますからね、とりうは胸を叩いてみせた。

日本橋を渡って南一丁目から四丁目、南伝馬町《みなみでんまちょう》を尋ね歩き、京橋の手前で折り返す。上方《かみがた》でも同じだが、賑《にぎ》わう場所での迷子はつきもの。そのために、誰の発案か、橋の袂や神社の境内《けいだい》などには、迷子のしるべ石と呼ばれる石柱が建てられるようになり始めていた。まだ数は多くない。その上、おかみは関与せず、地もとの篤志《とくし》たちの手で設置されたものであるため、石の大きさや形もまちまちなのだ。石柱の面を「たづぬるかた（尋ね探す側）」と「をしゆるかた（教える側）」とに分けて、それぞれ子供の特徴や連絡先を記した札を石に貼《は》っておく仕組みになっていた。

石柱の迷子を尋ねる側に、もはや隙間《すきま》がないほどに埋め尽くされている札を見て、澪は健坊のことを書いた紙を手に立ち尽くした。これほどまでに多くの迷子が居るのだ、と改めて思い知らされる。今朝の雨で判読不明になっている札もあり、きりきりと胸が痛んだ。

「お前さんとこは娘か、息子か」

背後から、ふいに声がかかった。振り向くと、二十代半ばの男が憔悴《しょうすい》しきった顔で立っていた。澪の返事を待たずに、男は苦しげに声を絞《しぼ》る。

「うちは娘だ。まだ、たったの三つ。手前の名前を言うのが精一杯なんだ」

芝神明《しばしんめい》の祭に母親とふたりで出かけて、母親が買いものの支払いをするその一瞬の間に姿を消した、という。半狂乱で探し回ったところ、無残にちぎれた迷子札だけが見つかったとのこと。かける言葉も見つからないまま、澪は視線を落とした。その祭なら、終わってから十日以上が過ぎている。両親の思いは察するに余りあった。

この男ばかりではない、迷子石に縋《すが》るようにして札を読んでいる親をそのあとも他に何人も見かけた。もしかすると、江戸では一旦迷子になれば、二度と親もとへ戻ることは出来ないのではないか、との思いが浮かぶ。悪い考えを払うように、澪は頭を振った。

「掛札場《かけふだば》へはもう行ったかい？　そこで見つかることもあるよ」

雨で剝《は》がれた札を貼り直しながら、近所の住人が澪に声をかける。通りかかった老婆が、迷子石の前で手を合わせて祈る。無事に見つかりますように、と言って通り過ぎる者が居る。澪は、健坊のことを書いた札を貼ってから幾度も撫で、石柱に貼られた他の札も同じようにそっと撫でた。どの子も無事に見つかってくれますように、との祈りを込めて。

日が短いこともあり、充分に回りきらないうちに辺りは闇となった。もしや、とうにつる家には良い知らせが届いているのでは、と小走りで川沿いを駆け抜けて店に戻った。

「ああ、澪」

飛び込んで来た娘を迎えたのは、芳だった。

「ご寮さん、健坊は」

息を弾《はず》ませながら問う澪に、しかし芳は肩を落とし、首を横に振る。孝介や伊佐三、それにりうが顔を出し、おりょうとふきも戻ったが、いずれも健坊に繋がる何の手がかりも得られなかった、という。

「とりあえず皆さんには引き上げてもろた。明日も引き続きお世話になるさかいに、少しでも身体《からだ》を休めてもらわんとな」

そういう芳も、足を引きずっている。相当な距離を歩き回ったのだろう。

内所を気にしながら、ふきちゃんはな、と芳が声を低めた。

「健坊を見つけるまで帰らん、いうのをおりょうさんが無理にも引っ張って連れ帰ったんや。思い詰めてるよって、黙って抜け出して探しに行くやも知れん。気ぃ付けてあげんと」

同じく内所を気にしながら、澪が口を開く。

「ご寮さん、健坊が見つかるまで、暫くつる家に泊めて頂《いただ》いても構わないでしょうか」

その言葉に、芳が深く頷いた。

「こんな時は私らが傍についてた方がええ。旦那さんには私から話しまひょ」

内所でこの申し出を聞いた種市、そいつぁありがてぇ、と両の手を合わせた。

「ふたりが一緒に居てくれるなら、ふき坊も俺もどれほど心強《こころづえ》ぇか知れねぇ」

ありがてぇ、ありがてぇ、と繰り返す店主の脇で、ふきはちんまりと座っている。息をするのも忘れたように思い詰めた顔。その耳には今の遣《や》り取《と》りも届いていないのだろう。膝の上で握られたふたつの拳が痛々しいほどだった。

その夜、澪と芳は、りうが調理場に用意してくれていた握り飯を食べた。お汁を温め直す気力も残っていない。それでも昼餉抜きで歩き回った身には、塩の効いた握り飯は何よりのご馳走《ちそう》だった。ついつい、手が伸びてしまう。次々と平らげたところで、ふいに澪の手が止まった。ふきは何か口にしたのだろうか……。澪の心の内を察したように、芳は軽く首を振り、吐息をついた。

「りうさんが少しでも喉を通るように、言うてふきちゃんのためにお粥《かゆ》を作ってくれはったんやが、食べられへんのだ」

無理もない、と澪は萎《しお》れた。

「私はふきちゃん連れて二階で休むよって、澪、お前《ま》はんはお酒を熱うして旦那さんに運びなはれ」

えっ、と怪訝《けげん》そうな顔の娘に、芳は続ける。

「嘉兵衛《かへえ》はよう言うてました。辛《つら》い時、しんどい時に呑み過ぎるのはあかん。辛さ、しんどさが増えるだけや、て。けど、ほどほど、過ぎん程度のお酒くらい慰《なぐさ》めになるもんはない、てなぁ」

私も呑めたらええんやけど、と芳は哀しげに微笑《ほほえ》んだ。澪はそれで漸く、芳もまた、行方知れずの佐兵衛《さへえ》のことを思い重ねて一層辛いのだ、ということに気付いた。否、芳ばかりか、種市も辛いに違いない。以前、種市の口から洩れた、勾引《かどわか》しという言葉を思い返す。

居るべき場所に居たはずの者が、ある日、突然姿を消す。それが残された者たちにどれほどの苦しみを負わせるのか。迷子石で見かけた親たちの姿を重ね合わせて、澪は項垂《うなだ》れた。

「ほな、頼みましたで。火の用心もな」

芳はそう言い残すと、足を引きずりながら調理場を出て行った。熱燗《あつかん》の用意をしながら、澪はふと思う。種市もまた、今日はろくに食事を摂《と》っていないのではないか。

調理台に置かれた桶《おけ》の中に、豆腐が水に浮いた状態で入っているのを見て、澪は襷《たすき》をかけた。小さめの土鍋《どなべ》に水を張り、昆布《こんぶ》を敷いて湯豆腐を作る。仕上げに生姜をたっぷり絞り、葛《くず》を溶いてとろりとさせた。熱いちろりとともに、それを内所へ運ぶ。

「こいつぁ……」

沈痛な面持ちで襖《ふすま》を開けた種市が、湯気の立つものに目を見張った。澪の酌《しゃく》で小さな盃《さかずき》に一杯。きゅっと呑むと、僅かに表情が和《なご》む。澪は、ふつふつと煮えた豆腐を葛あんとともに掬《すく》い上げて小鉢《こばち》に移すと、片口鉢の中身を少し注ぐ。中は酒で割った醤《しょう》油《ゆ》だ。軽く絞った大根おろしも添えて、店主の前へ置いた。

種市は小鉢を手に取ると、ゆっくりと豆腐を口に運ぶ。

ほう、と小さな吐息が洩れた。

「こんな時でも、旨いもんは旨いなぁ。ふき坊の気持ちを考えたら、とてもそんなことを思っちゃいられねぇのによ」

半《なか》ば自嘲的《じちょうてき》に笑う店主に、実は私も、と澪は躊躇《ためら》いながら口を開いた。

「さっき、調理場でりうさんの塩結びを食べたんです。これがびっくりするほど美味《おい》しくて、三つも食べてしまいました」

こんな時、普通は喉を通らないものでしょうに、と澪は両の眉を下げる。

種市は肩を震わせて笑い出した。

「そうかい、三つもかい」

笑い過ぎて涙が滲《にじ》んだらしく、目尻《めじり》を指で拭《ぬぐ》っている。澪は、空《から》になった店主の盃を酒で満たした。ゆっくりと盃を干す横顔に、赤みが差している。内所の襖を開けた時に見せた、険《けわ》しい表情は消えていた。種市は盃を置くと、温《あたた》かな眼差しを澪に向けた。

「お澪坊のお蔭《かげ》で元気が出たぜ。酒で温《ぬく》まって、今夜は何も考えずに寝るとしよう。そして明日はふき坊と一緒に健坊を探しに出よう」

二階へ上がり、襖を開けると、薄暗い行灯《あんどん》の明かりのもと、芳がふきを抱き寄せて眠っていた。ふきはというと、大きな瞳《ひとみ》を澪に向けている。澪は、身を屈めてふきの顔を覗き込むと、静かにその髪を撫でた。

「ふきちゃん、明日はきっと良い日になるからね。何も考えずにお休みなさい」

翌朝は早めに起きて、ご飯を多めに炊き、朝餉の仕度の他に握り飯を沢山、用意した。ふきのために、甘くした玉子焼きを作り、握り飯とともに竹の皮で包む。

「弁当か、こいつぁありがてぇな」

種市は言って、竹皮の包みを懐へしまった。昨日に引き続き、今日も神田鍋町を尋ね歩くのだ。澪はふきの分の弁当を風呂敷《ふろしき》に包み、少女の腰に結わえてやった。

その日はりうに留守を頼んで、つる家は全員が健坊探しに東奔西走《とうほんせいそう》した。伊佐三も孝介もそれぞれ、仕事の合い間にあちこち尋ね歩いてくれた。澪もまた、昨日回った迷子石に変わりがないかを確かめ、新たな迷子石を訪ねて回る。だが、そうした皆の必死の探索は今日も報《むく》われることはなかった。

ふきの風呂敷を解くと、竹の皮の結び目は固く結ばれたままで、その持ち重りのする包みを手に、澪は眉を下げた。

深夜。

澪、澪、と誰かに激しく揺すられて、澪ははっと目覚めた。何時《いつ》の間《ま》にか熟睡してしまったらしい。暗闇の中、芳が澪を呼んでいる。

「ふきちゃんが居てへんのや」

慌てて夜着の中に手を差し入れるが、寝ているはずの少女の温もりはなかった。澪は飛び起きて、真っ暗な階段を転がるように降り、裸足《はだし》のまま外へ飛び出した。

天には破鏡《はきよう》の月がかかり、表通りは仄《ほの》かに明るい。澪は九段坂《くだんざか》の方と俎橋の方を忙《せわ》しく見回し、えいっと俎橋に向かって全力で駆け出した。ふき坊、ふきちゃん、と背後で種市と芳の声が響いていた。

橋を渡りきり、飯田川に沿って下る。そう遠く行かないうちに、微《かす》かだが声が聞こえた。耳を澄ませると、確かに、健坊、健坊、とか細い声で呼んでいる。

「ふきちゃん」

川の土手に立ち弟の名を呼ぶ少女の姿を見つけて、澪は駆け寄った。背後からその小さな身体を抱き締める。どれほどそうやって探し回っていたのか、少女の身体は芯《しん》から冷えて氷のようだった。澪は両手で少女の身体を撫で擦《さす》ったが、一向に温まらなかった。無理にも背負って連れ帰り、布団《ふとん》に入れたあと、部屋を出てから澪は種市と芳に、ふきが健坊を追い返した日のことを話した。

「そうか、そんなことがあったのかい」

聞き終えた種市が小さく洟を啜る。健坊の行方知れずの原因が自分にある、と自らを責め苛《さいな》んでいるふきが不憫《ふびん》でならないのだろう。

「健坊が早いこと見つからんことには、ふきちゃんが壊れてしまう」

ぽつりと言って、芳が瞼《まぶた》を押さえた。

「頼むよ、ふき坊」

朝、調理場に種市の悲痛な声が響く。

「ちょっとでも良いから食べてくんな。このままじゃあお前が倒れちまう」

食べたくないんです、と消え入りそうな声でふきが応えた。炊き立ての白いご飯、風呂吹《ふろふ》き大根に青菜の切り漬け。そのいずれにも箸がつけられた気配はなかった。

健坊が行方知れずとなった日から、ふきはほとんど何も口にしていないのだ。足に肉刺《まめ》が出来、それが潰《つぶ》れるまで歩き回っているというのに。澪は眉を下げ、ご飯を俵《たわら》に結ぶとくるりと海苔《のり》で鉢巻《はちまき》に巻いた。それを平皿に載せて、ふきの前に置く。ふきは、やつれて目ばかり大きくなった顔を澪に向ける。何としてもふきに食べてもらいたい一心で、澪は海苔の巻いた握り飯に自ら手を伸ばした。

「ふきちゃん、『食い力《ぢから》』といってね、何かを食べると力が湧《わ》いてくるのよ。だから、健坊を探すためにも食い力をつけておこうね」

握り飯をひとつ摘《つ》まみ、むしゃむしゃと、さも美味しそうに食べてみせた。黙ってその様子を見ていたふきだが、やがておずおずとひとつ手に取る。皆が見守る中で、それを口に運びかけたのだが、すぐに手から放した。胃液が込み上げて来たのか、気持ち悪そうに口を押さえている。澪はどうしたものか、と両の眉を下げた。

「何時までも店を閉めておくのは感心しませんよ。そろそろ開けてみちゃどうですか?」

その日、店に現れたりうが、皆を集めてそう提案した。つる家の店主も奉公人も皆が驚いて互いの顔を見合わせる。

そいつぁ聞き捨てなんねぇな、と種市が険のある声を上げた。

「健坊を探すのを止めろってぇのか」

そうじゃありませんよ、旦那さん、とりうは歯の無い口をきゅっとすぼめてみせる。

「つる家の料理を楽しみにしているお客のためにも、澪さんは調理場に戻った方が良い。いつまでも店を閉めたままにしておくのは信用にかかわりますから。ねえ、ご寮さん」

りうに求められ、芳はへえ、と頷いた。

「確かにその通りだす。まして食当たりの濡《ぬ》れ衣騒《ぎぬ》動があったばかりだすよって、またどない悪い噂《うわさ》の種になるか」

芳の言葉に、種市は考え込んだ。それを見て、りうがさらに続ける。

「孝介や伊佐三さん、それに竪大工町のひとたちも健坊探しに手を貸してくれています。あたしが聞いた話じゃ、登龍楼だってあちこち尋ね回ってくれてるそうですよ」

登龍楼の話は初耳だった。意外そうな顔をしている皆を見回して、りうは続けた。

「ふきちゃんと旦那さん、それにご寮さんはこれまで通り、健坊を探してくださいな。店の方は、孝介んとこの小僧に下足番を任せましょう。あとは澪さんが料理、おりょうさんと私でお運びやら洗い場やらをこなせば、店は何とか回っていきますよ」

　旦那さん、とふきが弱々しい声で種市を呼んだ。

「そうしてください。でないとあたし、旦那さんや皆に悪くて、辛くて」

　俯《うつむ》いたふきの目から涙が溢《あふ》れて、板敷《いたじき》にぽたぽたと落ちた。登龍楼から健坊が戻らない、と知らせを受けた時から、ふきが涙を零《こぼ》すのは初めてのことだった。居合わせた大人たちは少女の涙に口を噤《つぐ》む。りうが腕を伸ばして、ふきをそっと抱き寄せた。


　いきなり店を開けることになったが、食材は保存の効く根菜類しか用意がない。中坂へ走って青物と鯖《さば》を調達し、調理場へ駆け戻ると、すぐに仕込みに入った。

「牛蒡と油揚げは汁物ですね。鯖は」

「あっさり塩焼きにします。里芋の料理と合わせたいので」

　野菜の皮剝《かわむ》きをりうに任せて、澪は黒胡麻《くろごま》を煎《い》り始めた。調理場に胡麻の良い香りが立つ。その香りを胸一杯に吸い込みながら、澪はこうして調理場に立てることが心苦しい半面、とてもありがたかった。少なくとも料理をしている間はどんな不安や心配ごとも澪を蝕《むしば》むことはないように思われた。

「里芋と黒胡麻で何を作るんです？」

　りうに問われたが、澪は、まだ内緒です、と微笑んでみせた。

煎った黒胡麻を擂り鉢《ばち》でよく擂り、出汁《だし》と醬油、味醂《みりん》、砂糖を加え、鍋に移して葛でとろみをつけると、何とも美味しいあんになる。薄く味を含ませて煮た熱々の里芋に、この熱いあんを絡《から》めるのだ。澪にとっては、天満一兆庵《てんまいっちょうあん》で板場に入れてもらうようになって初めて主《あるじ》、嘉兵衛に褒《ほ》められた、思い入れのある料理でもあった。今日のような日にこそ、こういう一品を出しておきたかった。

「おや」

米の研《と》ぎ汁で里芋を下茹《したゆ》でするのを見て、りうが目を見張った。

「どうしてまた、米の研ぎ汁なんかで茹でるんです？」

「こうして下茹でしておくと、艶《つや》やかな仕上がりになるんです。あとであんと合わせても、色の出かたが美しいし」

澪がそう答えると、りうは感心したように軽く首を振るのだった。

「幾日も休んでいたかと思えば」

一番奥の席に座った清右衛門が、尖った声を上げている。黒胡麻を煎りながら、澪は調理場ではらはらと耳を欹《そばだ》てた。

「下足番も変わり、店主は留守。料理人は挨拶《あいさつ》にも来ん。全く何さまのつもりだ」

「けれど先生、料理はどれも変わらず美味しいですよ。ことにこの黒胡麻味の里芋は素晴らしい。初めて出会う味です。この店の料理人の天賦《てんぷ》の味覚には本当に感心させられます」

坂村堂の声が聞こえたところで、澪はそっと座敷の方を覗いた。りうが、二つ折れになったまま、清右衛門の傍へ控えているのが見えた。

「全くもって気に食わん。第一、お前は何だ」

清右衛門の怒りの矛先《ほこさき》がりうに向く。

「いつからこの店は化け物屋敷になったのか」

「おやまあ、何て光栄なことでしょうねぇ」

りうが歯のない口を全開にして、笑った。

「奇怪な読み物を書くことで名高い戯作者先生から、化け物の免許皆伝だなんて、こんな誇らしいことはありゃしませんよ」

おや、と坂村堂が丸い目を見張る。

「清右衛門先生の書かれた物をご存じなのですか?」

ご存じなんてもんじゃありませんよ、とりうは清右衛門の方へにじり寄った。

「源　為朝《みなもとのためとも》の話、あれは面白うございました。琉球《りゅうきゅう》だなんて国を知ったのも、あの読本《よみほん》のお蔭ですとも」

ほう、と坂村堂が感心してみせる。途端に清右衛門、居心地悪そうにもぞもぞと尻《しり》を動かし始めた。りうはさらに身を乗り出す。

「今年になって書かれた、あの安房《あわ》の国の」

「もう良い」

無理にもりうの話を遮《さえぎ》って、清右衛門は立ち上がる。そうして真っ赤な顔で怒ったように畳を踏み鳴らして出て行ってしまった。

「清右衛門先生は褒められることに慣れていらっしゃらないのですよ」

申し訳なさそうに詫《わ》びる坂村堂に、りうは、

「思いの外《ほか》、うぶなんですねぇ」

と楽しげに笑ってみせた。

つる家の勝手口が乱暴に開かれたのは、丁度、清右衛門たちが帰って、夕餉時《ゆうげどき》に向けての仕込みを始めた時だった。

「おや、旦那さん、どうかし……」

洗い物の手を止めたおりょうが、うろたえたように立ち上がった。種市の後ろに、ふきを背負った源斉《げんさい》が控えていたのである。負《お》ぶわれた少女は気を失っているらしく、

ぐったりと動かない。澪の手から擂粉木《すりこぎ》が落ちた。

「ふきちゃん」

縋《すが》ろうとする澪を制して、種市は源斉を内所へと導く。おろおろとついて行こうとする澪を、りうが引き留めた。

「奥のことは旦那さんとおりょうさんに任せて、澪さんは料理に専念なさい」

おりょうさん、お願いしますよ、とりうに言われて、おりょうは慌てて内所へと向かう。

種市とおりょうとが交互に、桶に水を汲《く》んだり、新しい手拭《てぬぐ》いを用意したり、と出たり入ったりを繰り返し、やがて静かになった。

調理場からは内所の中の様子が窺えず、澪は気が気ではない。落ち着け、落ち着け、と自身に言い聞かせながら、擂った胡麻に味を入れていく。

七つ（午後四時）の鐘《かね》が鳴る頃、芳が疲れた顔で戻って来た。りうから事情を聞いて、すぐに内所へと飛んで行く。入れ違いにおりょうと源斉とが調理場に顔を出した。

調理中の鍋を七輪《しちりん》から外して、澪は駆け寄る。

「源斉先生、ふきちゃんは」

「口からものを摂《と》るのが難しいようです。胃の腑《ふ》が食べ物を拒《こば》んでいる、というか」

源斉はそう言って思案顔になった。

「随分衰弱していますし、今のような状態がまだ続くようでは心配です。病が原因というわけではないので、何か、きっかけがあれば食べられるようになるとは思うのですが」

心配で堪《たま》らず、澪は間仕切りから身を乗り出して内所の方を覗く。襖は固く閉じられたままだ。調理台の上で黒胡麻あんが冷えていくのを、りうが眉を寄せて見ていた。

おりょうが太一のもとへと帰り、代わって芳がふきの枕《まくら》もとに詰めた。そうして迎えた夕餉時。澪は椀だねから牛蒡を外し、代わりに焙《あぶ》った根深《ねぶか》で熱い味噌《みそ》汁《しる》を作った。冷えた身体を温めるのには最適で、お代わりを望むお客も多い。澪は内所の様子を案じながらも調理に追われた。書き入れ時を過ぎると、ふきが気になるのだろう、店主は内所へこもった。

「澪さん、これを」

注文も途絶え、そろそろ終わりか、という頃に、りうが膳を手に調理場へ入って来た。見ると、他の器は空になっているのに、黒胡麻あんで和《あ》えた里芋が殆《ほとん》ど手付かずのまま残されている。目を見張る澪に、りうが難しい顔で言った。

「坂村堂さんの御膳ですよ。昼間に食べたものと味が全く違う、と仰《おつしや》ってこれだけを残してお帰りになりました」

「味が違う？　そんな」

里芋をひとつ摘まむと口に入れる。途端、顔色が変わるのが澪自身にもわかった。鍋に残っていたあんを匙《さじ》で掬《すく》って舐《な》めてみる。辛《から》い、確かに本来の味に比べて辛過ぎるのだ。

「こ、これは……」

出汁《だし》と醬油との割合を間違えたに違いない。店で出す料理の味付けを誤るなど、これまで一度も経験がなかった。澪は両膝が震えるほどの衝撃を受けた。そもそも常のように味見さえしていれば防げた過ちなのだ。料理人としてこれ以上の恥はなかった。立っていられなくなり、そのまま膝から崩れ落ちる。

りうは土間伝いに下足番を呼び、暖簾を終《しま》うように命じた。そうして澪の前で膝を折ると、項垂れたままの料理人をじっと見つめた。

「ねぇ、澪さん」

暫くして漸く、老女は娘に話しかける。

「昼間、坂村堂さんがお前さんのことを、随分と褒めておいででしたよ。天賦の味覚の料理人だとね。でもね、あたしゃ思うんですが、天賦の味覚とやらは、料理人にとって絶対に必要なものなんでしょうかねぇ」

澪は戸惑った顔を上げた。まさにそれこそが、嘉兵衛が澪を料理人として育てようと決意した理由だったからだ。両の眉を下げている娘に、りうは柔らかな声でこう続けた。

「きんぴら牛蒡にひじきの白和え、風呂吹き大根。どれも昔っからある料理で、あたしの好物ですよ。そして、食べる度に思うんです。これを考えたのは一体、何処《どこ》の誰だろう、ってね」

遠い昔、母が料理をする傍で、そんなことを幾度も繰り返し尋ねた覚えが、澪にもあった。料理の道へ入り、いつしかそんな疑問も持たなくなっていた。

澪は戸惑いながらも、こう応えた。

「多分、最初から今の形があったわけではないと思います。色々なひとの手が加わり、工夫が重ねられて今に伝わったのではないか、と」

「あたしもそう思いますよ。今、あたしらが口にする料理は、多くの名もない料理人たちの手を経《へ》て伝えられたものなんでしょうね」

「名もない料理人……」

そうですとも、とりうは大きく頷いた。

天賦の才など与えられず、名を残すこともない数多《あまた》の料理人たち。包丁で天下を取る、という欲もなく、ただひたすらに誰かに喜んでもらえる美味しい料理を、と研鑽《けんさん》を重ねた料理人たち。そうした料理人たちの恩恵の上に今の料理の形があるのだ、とりうは言う。その台詞《せりふ》は、一本の太い矢となって澪の胸を貫いた。今の今まで、そうした存在に思いを馳《は》せたことがなかったのだ。

ねえ、澪さん、とりうは娘の瞳を覗きこんで、こう続けた。

「どんな時にも乱れない包丁捌《さば》きと味付けで、美味しい料理を提供し続ける。天賦の才はなくとも、そうした努力を続ける料理人こそが、真の料理人だとあたしゃ思いますよ」

言葉もなかった。

とろとろ茶碗蒸《ちゃわんむ》しで料理番付に載り、忍び瓜《うり》や菊花雪など、評判になる料理を次々に考え出した、という自負。何時しか自身を特別な料理人であるかの如《ごと》く錯覚してしまっていた。真の料理人からは程遠い己の姿だった。

澪は土間に両手をつき、りうに向かって深く一礼した。

その夜。

皆が寝静まったあと、澪は寝床を抜け出して調理場に立った。掛け行灯《あんどん》に火を入れ、調理台に砥石《といし》を置くと、もうひとつ砥石を取り出して、面と面とを擦り合わせた。毎日、包丁を研《と》ぎ続けると、砥石の面に凸凹が出来てしまう。同じ硬さの砥石を擦り合わせることで、面直しをするのだ。

健坊のこと。ふきのこと。どちらも心配でならない。けれど、その心配を料理に持ち込むことだけは二度とするまい。そんな決意を胸に、澪は丁寧に砥石の面直しを続けた。

ふと、人の気配を感じて顔を上げると、ふきが内所へ通じる土間に立ってこちらを覗いていた。頬がこけ、目の大きさばかりが目立つ。駆け寄って抱き締めてやりたい思いに耐え、少女を驚かせないように優しく問うた。

「ふきちゃん、眠れないの?」

ふきはこっくりと頷くと、おずおずと澪の傍らへ来た。砥石を擦り合わせる澪の手もとをじっと見つめている。

「砥石はね、こうして手入れをしないと、包丁の刃を傷《いた》めてしまうの」

澪の額に汗の玉が浮いて、それが滴《したた》り落ちた。それに気付くと、ふきは手拭いを手

に取る。背伸びして汗を拭ってくれる少女の頬に、澪は自分の頬を寄せて、

「ありがとう、ふきちゃん」

と心を込めて言った。澪を見上げるふきの瞳一杯に涙が溜《た》まっている。澪は砥石を放して、そっと少女を抱き寄せた。ふきは澪の胸に顔を埋め、声を殺して泣いた。種市や芳を起こさないように、と思っていることがわかり、澪はなおさら切なくなって、ふきを深く抱いた。

「あんまり幸せだから」

ふきは、澪の胸に顔を押し付けながら、呻《うめ》くように言った。

「あたしには、澪姉さんや旦那さんたちが居る。でも健坊には、すぐ傍で守ってくれるひとは誰も居ない……。健坊と比べて、あたし、あんまり幸せだから、罰《ばち》が当たったんです」

家族のような温かなひとたちに囲まれ、守られて暮らす姉の姿を見れば、健坊が辛い。だから藪入りにも、健坊をつる家に連れ帰ることが出来なかった、とふきが切れ切れに話すのを聞いて、澪は思わず天井を仰《あお》いだ。

――そりゃあ、今、手前の居る場所へ弟を連れて帰るわけには行くまいよ
又次の言う通りだった。ふきのことを大事に思いながら、その苦しい胸のうちに思

い至らなかった。澪は心の痛みに耐えて、少女の顔を覗きこむ。

「ふきちゃんには罰なんて当たらないわ。絶対に当たらないから大丈夫よ」

「でも、健坊は……」

ふきの目にまたじわじわと涙が溜まる。澪は掌《てのひら》でそれを拭ってやりながら、ああ、そうだ、と呟いた。

「ふきちゃん、陰膳《かげぜん》って知ってる？　家を離れたひとの無事を祈って、食べ物をお供えすることなの。健坊のために、陰膳を据《す》えてみましょうか」

特に決まりはないけれど、たとえば家族が口にするのと同じ食事を供えることで、そのひとが餓《う》えることなく無事でいられるのだ、と澪は話した。

「健坊の好物が良いわね。何が好きかしら？」

澪の問いかけに、ふきは小さく答えた。

「……柿です」

柿、と繰り返して、澪はきゅっと唇を結ぶ。土手の柿の実を欲しがったのは、健坊にやりたいがためだったのか。

「明日の朝一番に水菓子《みずがし》屋さんに行って、美味しそうなのを分けてもらいましょうね」

澪が言うと、ふきはそっと身を離して、あそこに、と調理場の神棚を指した。おそらく又次に捥《も》いでもらったあの時の柿だろう、赤い実が供えられていた。

手を伸ばして取ってみる。

「渋柿のような気がするのだけど。半分に割ってみても良いかしら?」

ふきが頷くのを見て、澪は包丁で柿を半分に割った。断面を少しだけ削り、口に含んでみる。まだ完全に熟しておらず、甘みに欠けてはいるが、吐き出さねばならないほどの渋はない。

ああ、この柿なら……。澪はあることを思いついて、そっと頰を緩めた。いきなり七輪に火を熾し始めた澪に、ふきは驚いて目を見張っている。

炭が真っ赤に焼けたところで網を載せる。そこへ食べ易く櫛形《くしがた》に切った柿を、皮目を下にして載せて焙るのだ。七輪の前に蹲《うずくま》り、火に掌を翳《かざ》す澪を真似て、ふきも手を翳した。血の気の失せていたふきの頰に、徐々に赤みが差していくのを、澪は嬉しく眺めた。

焙られた柿の皮がところどころ爆《は》ぜ、焦《こ》げ目《め》が付き始めると、何とも甘い香りがふたりを包んでいく。

身の方に火が当たるよう、澪は箸で柿を横に倒した。甘い汁が滲み出て、炭火に落ちてじゅんと音を立てる。砂糖を焦がしたような香ばしく甘い匂《にお》いが漂って、ふきの喉がごくんと鳴った。

遠い冬、母が澪のためにこうして柿を焼いて食べさせてくれたのを懐かしく思い出す。

「ふきちゃん、お皿を三枚取ってちょうだい」

焼き立ての熱々を三枚の皿に取り分ける。板敷に盆を置き、そこへ皿を並べた。

「これが健坊の分、こっちがふきちゃんで、これが私の分。さあ、食べましょう」

こうやって食べるのよ、と澪はまだ熱い柿を手に取り、焦げ目のついた皮を指で摘まんだ。苦もなく皮はすーっと外れ、そのまま湯気の立つ身を口へと運ぶ。

まだ固かったはずの身が、まるで熟柿《じゅくし》の如く、とろとろと口中で溶けた。熱い分、濃厚な甘みが舌を魅了し、そのままゆっくりと胃の腑《ふ》の辺りに落ちていくのがわかる。あまりの美味しさにうっとりし、ふきに何とか食べてもらわねば、ということも忘れた。

澪に微塵《みじん》の作為もなかったからか、ふきは、ごく自然に焼けた柿をひとつ手に取った。おずおずと栗鼠《りす》のような前歯で齧《かじ》り、あっ、と小さく声を洩らす。思ったよりもずっと柔らかな嚙み応えだったのだろう。少女は果汁を滴らせながら、しかし次第に夢中で食べ始めた。ひとつ、もうひとつ、と手が伸びてすぐに皿は空になった。

「陰膳のお下がりを頂きましょうね」

澪は言って、健坊の分の焼き柿をふきの皿に移してやった。

「おや、今朝は他に誰か、うちで朝飯を食うのかい?」

調理場に朝餉の膳が五人分並んでいるのを見て、ひぃ、ふぅ、みぃ、と人数を勘定し直した種市が、首を傾げた。

さすがに芳はすぐに気付いて、

「健坊、お上がりやす」

と、そこにまるで健坊が居るかのように話しかけた。漸く陰膳と気付いた種市、自分の膳の上の切り漬けを健坊の膳に移してやった。

大人三人がそれぞれ箸を動かしながら、ふきの様子を横目で見ている。少女が熱い味噌汁を飲むのを見て、気取《けど》られぬように、しかし揃って安堵の息を洩らした。

その日、澪は店主とふき、それに芳を送り出すと、直ちに仕込みにかかった。

つる家名物のとろとろ茶碗蒸し。早く早く、とお客からの要望が多かった料理だが、銀杏《ぎんなん》に百合根《ゆりね》、海老《えび》に柚子、と漸く役者が出揃ったのだ。大根の葉と雑魚《じゃこ》を胡麻油でさっと炒めて箸休めを作り、白飯に添えた。立冬を過ぎ、火鉢が恋しい寒さ。少しでも喜んで頂けるように、と澪は心を込めて料理を作った。

「おっ、千両役者のお出ましだ」

「焦《じ》らせ上手だな、待ちかねたぜ」

昼餉時、茶碗蒸しの登場にお客の多くがそんな声を上げた。つる家の暖簾を潜った者が、腹をさすりながら満足そうに出て行く。それに釣《つ》られて入る者もいる。客足が絶えることなく夕餉時へと移り、おりょうが帰ったあとも、澪とりうは息を抜く間もないほど働き詰めた。

種市とふき、少し遅れて芳が戻ったが、今日も何の朗報もないままだった。

「手が足りたようなので、あたしゃ、これを頂いたら失礼しますよ」

漸く客足が止まり、座敷の方は店主と芳に任せて、りうと澪はひと息つけた。昼餉とも夕餉ともつかない賄《まかな》いを食べながら、りうが疲れた声で言った。

「今日はくたびれました。下馬先《げばさき》の茶屋に勤めていた頃だって、こんなに働いたことはありませんよ」

「本当にお疲れさまです。お帰りになったら、ゆっくり休んでくださいね」

澪は老女に感謝しながら、空になった湯飲み茶碗に熱いお茶を注《つ》ぐ。ついでに自分

の湯飲みにもお茶を足すと、茶柱が立った。まあ、と口もとが自然に緩む。それに気付いたりうが、澪の手もとを覗き込み、

「おや、澪さんの待ちびとが来るようですね」

と、にやっと笑った。

ふいに、目尻に皺を寄せて笑う男のことを思い、澪は軽く頭を振る。

「健坊が帰ってくれるんですよ、きっと」

「健坊はきっと戻りますよ。でも澪さんの待ちびとは、それとは別なんでしょう」

若い娘をからかって、りうはずずっとお茶を啜《すす》る。食事を終えて帰り仕度を始めた老女に、澪はふと思いたって問いかけた。

「りうさん、下馬先にいらしたなら色んなことにお詳しいのでしょう？　もしかして『とけいのま』って何かご存じですか？」

とけいのま、とりうは繰り返して、澪を振り返った。

「ああ、『土《と》圭《けい》の間』のことですかしらね」

こんな字をあてるんですよ、と空に指で「土圭」と書いてみせる。

「千代田のお城の中にそんな部屋があると聞いてますよ。何でも、刻を決める時計とかいうものが据えてあるから、そんな名前がついたんだとか。あたしらが耳にする時

の鐘も、その時計をもとにしているんでしょうかねぇ」

「千代田のお城の……」

心《しん》の臓が早鐘を打ち出したのを悟られぬように、澪はゆっくりと尋ねる。

「それは、どんなお部屋で、どんなかたが居られるのでしょうか」

掠《かす》れた声、おまけに震えていた。

そんな娘の様子に気付かないのか、りうは、さあどうでしょうか、あたしゃ別に見たわけじゃありませんからねと首を捻っている。

「城内に出入りするようなご立派なかたとじかに話したこともないですし。ただ、ご家来衆からは、土圭の間というのは幾つにも区切られた部屋で、色んなひとが詰めていると聞きましたよ。時計の世話をするお城坊主の他にも、公方さまの警護のお役だとか、賄い方だとか……」

ふぉっふぉ、といきなりりうが歯の無い口で笑い出した。

「そうそう、ちょっと風変わりなお役目のお奉行さまもおいでになるんですよ。よもやそんな役職があるとは思いもしなかったので、初めて聞いた時には驚きました」

「どんなお役目のお奉行さまなのですか？　りうさん」

問われてりうは、やおら板敷に座り直した。膳の上の湯飲み茶碗に手を伸ばし、お茶の残りを飲み干すと、それがね、澪さん、と内緒ごとを話すように顔を寄せた。

「御膳奉行なんですよ」

ごぜん奉行、と首を傾げている澪に、りうはこう言い添える。

「公方さまの食膳を掌《つかさど》るお奉行さまです」

老女の話す内容が今ひとつわからずに、澪は両の眉を下げる。ああもう、とりうは、武家のことなど何ひとつ知らない娘のために、さらに声を落としてこう続けた。

「平たく言うとですね、公方さまの召し上がる食事の献立《こんだて》を考えたり、料理番に調理方法を指示したりする偉いひと、ってことですよ。食に関する豊かな知識と優れた味覚の持ち主でなければ勤まらないお役目でしょうねぇ」

胸の奥がざわざわする。

澪は心を落ち着かせるために、自分の湯飲みを両手で持った。澪の戸惑いを余所《よそ》に、りうはつくづくとこう言った。

「何せ公方さまのお口に入るものですから、お毒見もしなきゃならない。でも一番の骨折りは、三食の献立を決めることだと思いますがねぇ。下馬先の噂では、今の公方さまは生姜が大好物なんだとか。精が付く、というので毎日召し上がるそうですよ。一年中生姜の料理を考えなくちゃならないんだとしたら、大変ですよ」

——生姜は嫌いなんだ。言葉にするだけで、げんなりする

そう話していた小松原《こまつばら》の声が蘇る。

澪の手から、湯飲み茶碗が落ちた。

「お澪坊、お次は茶碗蒸しを三つ頼むぜ」

「こちら、おあと二つだす」

種市と芳とに、はい、ただ今、と澪は大きな声で返す。

小松原の正体が何であろうと、今、考え悩むことではない。どんな時にも乱れない包丁捌きと味付けを、と澪は幾度も胸の内で繰り返しながら、調理場に立ち続けた。

ふきも種市も芳も、健坊のことを心から案じながらも、それを表には出さず、懸命に働いているのだ。もっと強くあらねば、と澪は思う。夕餉の茶碗蒸しは、寒さも加勢して昼餉の時以上に皆に喜ばれて、最後のお客は坂村堂だった。

「申し上げにくいが、昨日、夕餉を頂いた時はもうここは駄目かと思ったんです。今日も、同じ茶碗蒸しが昼と夜とでは微妙に味が違っていましたね」

表まで送って出た澪に、坂村堂はのんびりした口調で言った。澪は言い訳をせずに、深々と頭を下げた。そんな料理人に、版元はこう続けたのである。

「茶碗蒸しも含めて、今日の夕餉はちょっと面白かった。肝《きも》が据わった、というか。料理人が伸びる時というのは、こうなのかも知れない、と思いましてね」

明日も来ますよ、と言い残して俎橋を渡っていく坂村堂の背中に、澪は頭を下げ続けた。

「澪姉さん、風邪《かぜ》を引きます」

ふきが暖簾を捲って表へ出て来た。漸く顔を上げて、澪はふきとふたり、並んで天を眺めた。丸みを帯びた月が街を照らしている。

「昨日、健坊の夢を見たんです」

ふきが、小さな声で呟いた。促すような澪の優しい眼差しを受けて、言葉を繋ぐ。

「あの子ったら、一人前の顔して包丁を使ってるんです。とんとんとん、て澪姉さんみたく、上手に葱を……あたし……いつかあの子が、父ちゃんみたいな料理人に……」

声が揺れて、先を続けられなくなり、ふきは嗚咽《おえつ》を堪えて俯いた。澪はそっと手を伸ばし、少女の背中を撫でた。ふと目を転じると、珍しく、九段坂にまだひと通りがあった。見るともなしに眺めていると、お百姓だろうか、提灯も持たず、綿のはみ出した半纏《はんてん》を身体に巻きつけた男が、向こうから声をかけてきた。

「つる家、ってのはここかのう?」

声からすると、若い男のようだ。澪はさり気なくふきを背後に庇《かば》って、はい、と答えた。

「おらは千駄ヶ谷《せんだや》の百姓だが、おらんとこで余所《よそ》の坊主を預かったままでのう」

ふたりが息を飲んだ気配を感じたのだろう、男は腰を落として背中のものを示した。

「ほれ、この子だ」

月明かりが男の背で眠る子供を照らす。頬を真っ赤にしてすやすやと眠る男の子。何か楽しい夢でも見ているのか、少し開いた口もとから栗鼠《りす》のような大きな前歯が覗いていた。

「健坊!」

ふきが悲鳴を上げて男の背中に縋《すが》る。澪は踵《きびす》を返して店の中へ駆け込むと、声を張った。

「健坊が、健坊が戻りました!」

血相を変えた店主と芳が飛び出して来た。

板敷に移されても、健坊は無心に眠り続けて目覚めない。

「もっと早くに帰してやりたかったんだがの。迷子になったら最後、戻らねぇ子も多いと言うし、気を揉《も》ませて申し訳なかった」

健坊を連れ帰ってくれた男は、そう言って頬被《ほおかぶ》りを外した。声の若さに反して、顔に刻まれた深い皺と髪の白さが目立つ。男は白髪頭を振り振り、経緯《いきさつ》を語った。

健坊は姉から追い返されたあと、奉公先へ戻るのが嫌さに寄り道をし、気がつくと迷子になっていたらしい。焦れば焦るほど帰り道がわからない。結局、迷いに迷って千駄ヶ谷までたどり着き、空腹と寒さとであわや行き倒れになるところを男に助けられたのだ。

「すぐにも庄屋《しょうや》さ届けようと思ったけども、おらには呆《ほう》けちまった母親が居て、この坊主をおらと思い込んじまっての。世話ぁ焼いて可愛《かわい》がって、なかなか放さんでのう。今日までかかってしまった」

母親の隙を見て、在所を聞き出して連れて来たのだという。男は萎れた声で、

「そうしたわけで、帰すのが遅れて心配かけたけども、勘忍《かんにん》しておくんなさい」

と詫びた。

ふきは健坊の傍に座り込み、その手を握って動かない。種市は先ほどから洟《はな》を啜りっぱなしだ。代わりに芳が板敷に両の手をついて男に深くお辞儀をした。

「この子が行方知れずになって、私どもはどれほど気ぃ揉んだか知れへんのだす。寒

うはないか、ひもじい思いをしてへんか、と。ことにこの子の姉は自分を責め苛《さいな》んで……」

眠り続ける健坊の頰はふっくらと柔らかく、血色も良い。誰かに守られていたことが窺える。芳は、込み上げる感情をくっと抑えて、言葉を続けた。

「深いお情けをかけて頂いて、心から感謝いたします。改めて御礼に伺《うかが》わせて頂きとうおます。まずはお名前を聞かせておくんなはれ」

だが男は名乗ることもせず、澪の用意した熱い酒を遠慮なく呑み干すと、礼も見送りも固辞して帰ってしまった。澪は慌てて冷や飯を握り、提灯を手にして九段坂を追い駆ける。大声で呼び止めて、やっと追いついた。

澪から押し付けられたものを受け取ると、男はしみじみと言った。

「おらの方が礼を言わねばなんねぇよ。七十になる呆けた母親が、おらだと信じてあの坊主を可愛がる姿を見て、おらぁ母親に大事に育ててもらったんだのう、と今さらながら思ったんだ」

餓鬼《がき》の頃から貧しいばっかりで何の良いこともなかったように思ってたんだがのう、と男は小さく鼻を鳴らした。

提灯が遠ざかるのを見送りながら、澪はその場に佇《たたず》んでいた。

天災を除いて世の中で一番恐ろしいのは、妖怪でも化け物でもなく、生きているひとだと思う。だが、恐ろしいのもひとだけれど、同時にこの上なく優しく、温かいのもひとなのだ。男の背中に向かって、澪は両の手を合わせ、首《こうべ》を垂れるのだった。

二階の小部屋の入口に立って、芳が中を覗いている。階段を上がって来た澪を見て、芳は小さく手招きした。

「あれ見てみ」

言われて中を覗くと、夜着の中でふきと健坊とが頭と頭をくっつけて眠っていた。まあ、と思わず笑みが零れる。

「あらあら」

健坊の足が勢いよく夜着を撥《は》ねたのを見て、澪は慌てて室内に身を滑り込ませた。夜着をかけ直そうとして、ああ、と声を洩らす。姉と弟はしっかりと手を繋いで眠っていたのだ。

本来ならば、すぐにも奉公先の登龍楼に健坊を帰すべきなのだが、種市の判断で今夜一晩、つる家へ預かることになった。姉弟一緒に居られる時間はそう長くはない。澪何とかこのまま、ふたりを一緒に住まわせてやるわけにはいかないのだろうか。澪は切ない思いで夜着を戻し、風が入らぬように肩口をぽんぽんと押さえた。

めっきり寒い朝で、砥石を浸《ひた》しておいた盥《たらい》に薄く氷が張っていた。

「おや、お澪坊、それにご寮さんも目が赤ぇ」

常よりも早く調理場に顔を出した種市は、眠れなかったのかよぅ、と奉公人ふたりを気遣った。そういう店主の目も真っ赤だった。

「りうさんに孝介さん、おりょうさんに伊佐三さん、と色んなひとを巻き込んじまったからな、俺ぁひとっ走りして健坊が戻ったことを知らせて来るぜ」

種市は言って、文字通り勝手口から飛び出した。その間に、芳と澪は朝の仕度にかかる。井戸から水瓶《みずがめ》に水を移し、主に代わって神棚の水を替えてから、竈《かまど》に火を熾《おこ》した。賄い用の冷や飯を雑炊《ぞうすい》にする。茸《きのこ》をふんだんに加え、煮上がってから、割り解《ほぐ》した玉子を回し入れて蓋をした。

蒸らし上がるのを待つ間に、澪は姉弟を起こすため、二階へと上がった。

「おいら、もう登龍楼には戻りたかないやい」

襖の奥から健坊の泣きじゃくる声がしている。澪は開けようとした手をそっと止めた。

「わがまま言ってお姉ちゃんを困らせないでちょうだい」

　今にも泣きそうなふきの声だ。

「ほら、ちゃんと自分で着物を着な。健坊はいつからそんな赤ん坊になったの」

　弟の扱いに難儀しているふきの様子に、澪は両の眉を下げた。

「澪、どないした」

　なかなか下りて来ない澪を案じたのか、軽い足音をさせて芳が階段を上って来る。両の眉を下げている娘に、事情を察したのだろう、芳は、開けますで、と中へ呼びかけてから、勢いよく襖を開けた。

「だらだら寝てたらお天道さんに笑われますで。早う仕度《したく》して下へ来なはれ」

　きょとんとこちらを見ている健坊と、半分泣きそうなふきとを交互に見て、はっきりとした口調で続けた。

「旦那さんもじきにお戻りだす。奉公人が主をお待たせしてどないするんだす」

　ふきは、はい、と急いで立ち上がった。弟の着替えを手伝おうとする少女を制し、芳は幾分厳しい声で健坊に言った。

「何ぞ格別の理由があるのでなし、誰かの手ぇ借りな着物が着られん、いうのは赤子《あかご》だけだすで。健坊はいつから赤子になったんや。それとも何処かへ恥を置き忘れてきはったんだすか」

言われて健坊、ぐっと唇を嚙んで身仕度を始めた。ふきと澪は同時にほっと息を吐いた。

「健坊、こっちに座んな」

ふきの後ろに隠れるようにして調理場へ現れた健坊を、戻ったばかりの種市が温かく迎えた。朝餉を食べる間も、まるで祖父が孫を見るような優しい眼差しで姉弟を眺めていた。

朝餉《あさげ》を終える頃、りうが勝手口から顔を出した。板敷に居る健坊を見つけて、歯の無い口を全開にして笑いかける。

「健坊、無事に帰って来たんだねぇ」

頑丈そうな歯茎が剝《む》き出《だ》しになって、健坊は姉の背中へ震えながら隠れた。種市は頃合いを見計らって、ふきに言った。

「明日は『三方よしの日』だからな、ふき坊、悪いんだが、中坂の酒屋へ行って、注文通りの酒が入ったかどうか、聞いて来てくんな」

「はい」

立ちあがって、すぐにも出て行こうとする少女を、店主は慌てて呼び止める。

「健坊も連れてってやんな。そうだ、ついでに世継《よつぎ》稲荷で水をもらって来てくれ」

手を伸ばして健坊の頭をぐりぐりと撫でながら、種市は言った。

「りうさん、ご寮さん、それにお澪坊。ちと相談がある」

つる家の内所。

先刻より眉根を寄せて俯いていた種市が、漸く顔を上げて三人を順に見た。

「昨日からずっと考えてたことだが、健坊をうちへ引き取りてぇと思う。どうだろうか」

店主がそれを言い出すのは、おそらく三人とも予測していたことだった。まず、芳が口を開いた。

「健坊には、父親の残した借財があるとか。それを肩代わりして、というお話だすか?」

ああ、と種市は深く頷いた。

「額ははっきりとは知らねぇ。ふき坊に尋ねたところで答えねぇだろうから、このあと、登龍楼に行って話をつけて来ようと思う」

それはどうでしょうねえ、とりうが口をすぼめてみせる。

「五十両とか、百両だったらどうなさるおつもりです？」

「いや、まさかそこまでは」

「わかりませんよ。あたしも孝介も『莫大《ばくだい》な借金』としか聞いてませんからね」

「おい、りうさん」

種市は怒りを込めてりうを見た。

「茶化すのは止めてくれ。俺ぁ、あの姉弟を何とかしてやりてぇ、その一心なんだ」

やれやれ、とりうは肩を竦める。そして、二つ折れのまま、内所にぐるりと視線を巡らせた。

「ここへ移ったのが今年の初午《はつうま》でしたから、まだ一年経ってませんよねぇ。中にも表にも手を入れて、器も調理道具もどれも新しくして。何せ前の店は焼けてしまったんですから」

「何が言いてぇんだよぅ」

不気味そうに顔を引きつらせている店主に、りうは何でもない口調で続けた。

「お前さんの懐具合を考えていたんですよ。いくら店が流行《はや》っているとはいえ、出て行くものも多いはず。もしや、お前さんは健坊のために自分が何処かから銭を借りるつもりでいるんじゃないんですかねぇ」

くぅ、と妙な音で種市の喉が鳴った。どうやら図星だったようだ。

りうは店主の双眸《そうぼう》を覗き込むようにして、静かに諭《さと》した。つる家に有り余るほどの銭があるわけでなし。おまけに、商いがこれから先も順調かどうか、というのは誰にもわからないのだ。

「情に厚いのは結構なことですがねぇ、身の丈を超えた情をかけるのは、健坊にとっても不幸、つる家にとってもまた不幸です」

りうにそこまで言われても、諦めきれない種市は、

「だがよぅ、万が一にも俺に今すぐ払える額だったら、思うようにさせてもらうぜ」

と粘った。老婆は呆れたように首を振る。

「ご寮さん、お前さんはどう思います?」

りうに水を向けられて、芳はすっと背筋を伸ばした。

「ここに居る四人が四人とも、健坊とふきちゃんの幸せを一番に考えていることに大差おまへんやろ。その上で、私もりうさん同様、旦那さんのお話には反対させて頂きとうおます」

「わけを……わけを聞かせてくんな」

呻くように言う種市に、へえ、と芳は膝に両手を置いたまま、淡々と応えた。

「奉公始めは一番大事な時だす。六つ七つの子ぉが奉公先が辛いから逃げる、いうんはようあることだすのや。けれど、その尻拭《しりぬぐ》いを他の者がしたのでは、これから先も嫌なことから逃げ出す一生になってしまいますやろ」

辛抱と精進。ひとの生涯の宝となるそれらを身につけさせるのも大人の務めと思う、と芳は言葉を結んだ。

澪はそっと目を閉じる。思い返せば天満一兆庵で奉公を始めた頃は、雑巾《ぞうきん》の絞り方ひとつ取っても随分と厳しく躾《しつ》けられた。甘えたい盛り、子供心にどうしてここまで、と思うこともあった。嘉兵衛や芳がそんな気持ちで居てくれたことなど知りもせずに。

「旦那さんにお願いします」

澪は畳に両手をつくと、身を乗り出した。

「健坊を登龍楼に戻してください。末松の去った今の登龍楼なら、きっと大丈夫です」

「お澪坊、お前まで」

そう言って絶句する店主に、澪は声を絞る。

「私も健坊と似た境遇だからわかります。甘えさせてもらえるなら際限なく甘え、優しくされるのが当然になる——そうなってしまっては駄目なんです」

畳に額を擦りつけて、澪は懇願を続けた。

父親の茂蔵は登龍楼の料理人だった。ふきが望んでいるように、もしも将来、健坊が同じ道を志すのなら、登龍楼で修業する方がのちの身のため。そこには導く師も、また切磋《せっさ》琢磨《たくま》する仲間もいる。天満一兆庵がそうだったように、料理人を育てる土壌がある。姉弟を引き裂く酷さも承知の上で、それでも澪は健坊の料理人としての芽を大切にしたい、と訴えた。

種市はそんな澪の姿を暫く見つめていたが、やがて大きく溜《た》め息《いき》をついた。

「不憫だ、可哀そうだ、ってのが頭にあって、俺ぁ、どうも間違った情けをかけるところだったのかも知れねぇな」

俺も腹を括《くく》るぜ、と種市は迷いを払うように立ち上がって襖を開けた。

「あ」

店主は小さく声を洩らした。そこに、真っ赤な目をしたふきと健坊が立っていたのだ。

誰も、口を利かなかった。少女の瞳に盛りあがった涙が、ぽろりと零れる。登龍楼に戻されることを理解したのだろう、健坊が泣きじゃくり始めた。ふきは、そんな弟の頭に手を添えて、ふたり揃って大人たちに頭を下げる。そうして頭を下げたまま、身を震わせた。

澪は種市の脇をすり抜けて、姉弟の傍に行った。ふきと健坊に両の腕を差し伸べると、身を屈めてふたりをそっと抱き寄せる。澪姉さん、とふきが小さくその名を呼び、澪の首に縋った。澪は無言のまま、姉弟を深く胸に抱いた。

「わかったね、健坊」

健坊の口の周りに、焼き柿の赤い果肉がついたままになっている。それを拭ってやりながら、ふきは弟に言って聞かせた。

「ちゃんと登龍楼の旦那さんにお詫びをするんだよ。ちゃんとだよ」

こくん、と健坊は姉に頷いてみせた。

りうが、くんくんと健坊の身体を嗅《か》ぎ、

「甘い匂いがするねぇ、美味しそうだこと」

と口を開けて歯茎を剝き出しにする。健坊がぶるぶると身震いするのを見て、一同は朗《ほが》らかに笑った。無理にでも、明るく送り出そう、と申し合わせたように。

芳は店に残り、りうと種市とが登龍楼まで健坊を連れていくことになった。ふきと澪は三人を俎橋まで送った。

組橋の真ん中に立って、川沿いを遠ざかる三人を見送る。澪に肩を抱かれて、だが、ふきはもう泣いていなかった。

「澪姉さん、いつか健坊と……」

ふきはぽつんと言ったきり、口を噤んだ。

一緒に暮らせる日が来るのか、と問いかけるつもりなのか。あるいはまた、暮らすつもりだ、と決意を語るつもりなのか。その先を言わない少女の髪を、澪は優しく撫でた。

その時、ふたりの頭上に、かかかん、かかかん、と賑やかに重なり合う野鳥の鳴き声が響いた。驚いて天を振り仰ぐと、一羽を先頭に、楔形《くさびがた》に列を組んで飛翔《ひしょう》する真雁の群れが見えた。

初雁だった。

「おや、初雁だよ」

と組橋を行くひとびとが足を止めて、秋冬の使者を見送っている。

ふきがおずおずと手を伸ばし、澪の手を握った。

季節が巡れば遠い国からこの江戸へ帰って来る初雁のように、いつかきっと……。

ふきの想《おも》いを汲み取って、澪はその手をそっと握り返した。

巻末付録　澪の料理帖

「う」尽くし・梅土佐豆腐

材料（4人分）
木綿豆腐……1丁
小麦粉……適宜
卵白……1個分
鰹節……15g
梅干し……大きめのもの2個
味醂……小さじ1

ひとこと
扱い易《やす》いのと食感がしっかりしているので木綿《もめん》豆腐を使いましたが、もちろん絹ごし豆腐でも構いません。鰹節も、糸削りや花鰹などお好みで色々お試しください。梅干しの塩みがあるので、まずは何もつけずに召し上がれ。

下ごしらえ
＊豆腐はお好みで六等分から八等分に切り、重しをかけるなどして水気をしっかり切っておきましょう。
＊梅干しは種を抜いて包丁で叩《たた》き、味醂《みりん》で伸ばしてペースト状に。

作りかた
1 豆腐の側面に切り込みを入れて、ペースト状にした梅肉を詰めます。
2 1の豆腐に小麦粉をまぶし、次いで卵白、鰹節《かつおぶし》の順にまんべんなく付けましょう。
3 中温の油で揚げます。

ふっくら鱧《はも》の葛叩《くずたた》き

材料
鱧……（骨切りしたもの）一尾　酒……大さじ1
葛……（出来れば吉野葛）適宜　薄口醤油……大さじ1
出汁用昆布……10㎝角程度　青柚子……適宜
水……4カップ

下ごしらえ
＊葛はすり鉢で細かくします。
＊鱧の頭と中骨は焦がさない程度に焙《あぶ》っておきます。
＊昆布は水に浸《つ》けて水出汁《だし》を取ります。

作りかた
1 まず、吸い地を作ります。昆布出汁に、鱧の焙った頭と中骨を入れて火にかけてじわじわと旨《うま》みを引き出します。
2 1に酒と醤油《しょうゆ》で味を調えます。
3 骨切りした鱧を食べ易《やす》い大きさに切り、刷毛《はけ》を使って包丁の切れ目に入るよう葛粉を丁寧に叩《はた》きます。
4 沸騰した湯に3の鱧を放ち、身が開いたところで手早く掬《すく》いあげます。
5 4の鱧を2の吸い地に入れます。お椀《わん》に装《よそ》ってから、仕上げに青柚子《ゆず》をすり卸して散らせましょう。

ひとこと
澪の大好物なので、是非お試しを。鱧の骨切りは難しいので、無理をせずにあらかじめ骨切りしてあるものを求めましょう。頭と中骨を焙ると、びっくりするほど美味《おい》しい出汁が取れますよ。

ふわり菊花《きっか》雪《ゆき》

下ごしらえ

＊山芋はあくが強いので、皮は厚めに剝《む》き、変色している部分もきれいに取り除いて、酢水にしばらく浸《つ》けましょう。

＊菊花は花弁をほぐし、塩と酢（分量外）とを入れた湯でさっと茹《ゆ》でて、水に放ってから、よく絞っておきます。

＊分量の出汁《だし》と酢と醬油《しょうゆ》を合わせて、合わせ酢（A）を作っておきましょう。

作りかた

1 山芋は千切りにしてから、濡《ぬ》れ布巾《ふきん》に包んで擂粉木《すりこぎ》で丁寧に叩《たた》いて細かくします。

材料（4人分）

山芋……150g程度　酢……小さじ1
食用菊花……5輪　醬油……小さじ0・5
塩……小さじ0・5　鮃の刺身……適宜
出汁……小さじ1

2 絞った菊花を1に入れ、塩で味を調えて全体をざっくり混ぜましょう。

3 鮃《ひらめ》のお刺身を器に盛りつけ、合わせ酢（A）を回しかけます。

4 3の上に2をふんわりかけて完成です。

ひとこと

このお料理は、「江戸のおそうざい 八百善料理通」（栗山善四郎著 中央公論社）の中の菊花薯蕷を参考にさせて頂きました。作中では大和芋を使いましたが、山芋には色々な種類があるので、その土地ならではの山芋で試してみても面白いですよね。山芋類はいずれもあくが強いので、下拵《したごしら》えを丁寧にしましょう。

こんがり焼き柿

材料
柿1個（あまり熟していないもの）

作りかた
1柿は皮つきのまま、八等分のくし形に切り、種があれば外しておきます。
2網に載せて皮から焙《あぶ》ります。こんがり焦げ目がついたら、倒して、身の方を焙りましょう。
3まんべんなく焼けたら完成です。

ひとこと
こちらは「完本　大江戸料理帖」（福田浩・松藤庄平著　新潮社）を参考にさせて頂きました。干し柿で有名な市田柿も、昔はこうやって食べたとか。ただ、焼いても渋は充分には抜けませんから、甘柿でお試しを。炭火で焙るのが理想ですが、ガス火でも構いません。信じられないくらい甘く、とろとろになるんです。ただし、冷めると美味《おい》しくなくなりますので、熱いのをはふはふと召し上がれ。

本書は時代小説文庫（ハルキ文庫）の書き下ろし作品です。

時代小説文庫
た 19-3

想《おも》い雲《ぐも》 みをつくし料理帖《りょうりちょう》

著者 髙田《たかだ》 郁《かおる》
2010年3月18日第 一 刷発行
2019年8月18日第三十三刷発行

発行者 角川春樹

発行所 株式会社 角川春樹事務所
〒102-0074 東京都千代田区九段南2-1-30イタリア文化会館

電話 03(3263)5247[編集] 03(3263)5881[営業]

印刷・製本 中央精版印刷株式会社

フォーマット・デザイン&
シンボルマーク 芦澤泰偉

ISBN978-4-7584-3464-5 C0193
http://www.kadokawaharuki.co.jp/[営業]
fanmail@kadokawaharuki.co.jp[編集] ご意見・ご感想をお寄せください。

髙田郁の本

想い雲
みをつくし料理帖

版元の坂村堂の雇い入れている料理人に会うこととなった「つる家」の澪。それは行方知れずとなっている、天満一兆庵の若旦那・佐兵衛と共に、働いていた富三だったのだ。澪と芳は佐兵衛の行方を富三に聞くが——。「みをつくし料理帖」シリーズ、第三弾!

今朝の春
みをつくし料理帖

月に三度の『三方よしの日』、つる家では澪と助っ人の又次が作る料理が評判を呼んでいた。そんなある日、伊勢屋の美緒に大奥奉公の話が持ち上がり、澪は包丁使いの指南役を任されて——。「みをつくし料理帖」シリーズ、第四弾!

髙田郁の本

小夜《さよ》しぐれ
みをつくし料理帖

表題作『小夜しぐれ』の他、つる家の主・種市と亡き娘おつるの過去が明かされる『迷い蟹』、『夢宵桜』、『嘉祥』の全四話を収録。恋の行方も大きな展開を見せる、「みをつくし料理帖」シリーズ、第五弾!

心星《しんぼし》ひとつ
みをつくし料理帖

天満一兆庵の再建話に悩む澪に、つる家の移転話までも舞い込んだ。そして、野江との再会、小松原との恋の行方はどうなるのか ⁉ つる家の料理人として岐路に立たされる澪。「みをつくし料理帖」シリーズ史上もっとも大きな転機となる第六弾‼